ちくま文庫

ほんものの魔法使

ポール・ギャリコ
矢川澄子 訳

筑摩書房

目次

ほんものの魔法使

罪のないお話

幼なかりし日のヴァージニアに

登場人物

アダム　ストレーン山脈の彼方グリモアからきた正体不明の若者
モプシー　アダムの連れのものいう犬

偉大なるロベール　世界の魔術師らの集う秘密都市マジェイアの市長で、魔術師名匠組合の統領
ロベール夫人　その妻
ジェイン　その娘
ピーター　その息子

法外屋フスメール　市会書記
無二無双ニニアン　へたくそな魔術師
全能マルヴォリオ　腹黒い魔術師

ワン・フー
ラジャ・パンジャブ
アブドゥル・ハミド
アレクサンダー教授
瞠目のダンテ
不可思議屋フラスカティ
抜群のボルディーニ
凶々し屋メフィスト
無類のゼルボ
素晴し屋サラディン
（以上）マジェイアに住む魔術師の面々

市門の番人
その他　マジェイアの市民たち／魔術師名匠組合加入志願者たち／舞台監督／オーケストラ指揮者／魔術博物館の管理人／裏方の道具係／電気技師／幕引き等々

1 旅人の到着

その他国者は、埃まみれの旅疲れしたふぜいで、足もとに小さなぼろ布みたいな小犬を従え、夜をすごした森蔭のひいやりした暗がりから立ちあらわれると、一瞬足をとめて、はじめて仰ぐ目的の魔法都市、マジェイアのすがたに目をみはった。懸崖《けんがい》にのぞみ、眼下には谷をひかえて石垣をたたみ、林立する塔や胸壁や尖塔や櫓を早朝の陽にきらきらときらめかせたそのさまは、さながら空中にうかぶ島かとも思われたのだ。その青銅の大きな城門の下までつづく、うねうねとした山径をのぼりかけながら、旅人はふと、まてよ、こいつは、もしやこの地に住まう世界に名だたる魔術師どものでっちあげた最大の幻にすぎないのでは、とあやしんだのだった。

「見ろよ、モプシー、あすこだ!」彼は犬によびかけた、「あれがほんものだと思えるかね？」

「いいじゃないか」犬はこたえた、「せっかくこうしてはるばるきておいて、どうしていまさら迷うことがある？」

モプシーはあの小さな短か足のもこもこした尨犬《むくいぬ》の一種で、あんまり毛が多いので、事実どこが犬の本体なのかも見究めかねるほどだった。よくよく見れば、おびただしい毛総《ふさ》のかげにどうやら一対のきらきらした眼らしきものと、黒い鼻の頭と、時にはピンクの舌先めいたもののありかが感じられた。けれども、どこまでが胴でどこからが足か、また尻尾にしてもどこまでがほんとの尻尾なのか、そんなことはとうてい見わけられるものではなかった。

この犬はしかし、只のしろものではない証拠に、ものをいうことができた。といってわるければ、少くとも彼の主人である青年魔術師の熱意にそそのかされればそうできるのであって、またいままでのところでは誰も、わざわざこの犬がしゃべれないことをたしかめた者もなかった。

「そいつあ正解だな」旅人はいった、「こいよ。それではと、のぼろうぜ」

彼はすらりとした体つきの風采卑しからぬ男で、腰はひきしまり、肩幅は広く、そのまま大胆な若々しい冒険者の活人画であった。赤茶けたちぢれ髪を短く刈りこみ、ふしぎな淡緑のその眼は、笑うとくしゃくしゃになって眼尻のしわにかくれてしまいそうだった。鼻はやや長目でおどけていて、大きな温かみのある口とつりあっていた。まあ、ある種の人ならばたちまち好きになってしまうし、そうでない人にとってはてんで駄目で、むしろその陽気さに苛々させられるといった類の顔だったのだ。だが何より奇妙な点は、この男が忘れられた昔の衣裳を一着に及んでいることだった。やわらかい鹿皮のズボンに、おなじ鹿皮のシャツとチョッキである。頭には、雉子の羽を一枚さした帽子をスマートにあみだにかむっていた。日用の品々は大きなリュックサックにまるめこんで背にかつぎ、太い樫の枝を自分で切って旅の杖に仕立てていた。そのつやつやした杖頭に、彼は自分の名を刻みつけていた。——アダムだった。

こうして彼らは魔法の都マジェイアの足もとまでたどりついた。十二フィートほどのなめらかな青銅の門扉には、把手やノッカーらしきものも見当らなかったが、片側の上にひとつまるい押釦があって、「門番」とその上に記されていた。アダムがそれを押した。

頭上ですべるような音がして、見上げると扉のずっと上の方に窓がひとつ開いていた。のぞいているのは品のよい老紳士で、長い白髯を敷居より少くとも一フィートは垂らしていた。かむっているのはかなり擦りきれたシルクハットだったが、着込んだ夜会服の方もご同様なのがアダムには見てとれた。

老人は、秋の枯葉のようなかさかさしたしゃがれ声でたずねた。

「どなたじゃね？　どこから来られた？　何のご用じゃ？」

旅人はていねいに帽子をとって答えた、「アダムと申します。ストレーン山脈のかなた、グリモアからまいりました。魔術師名匠組合《ギルド》に加入させていただきたいものと思いまして。それにはこちらへうかがわなければと教わってきたのです」

「ああ、その用か。それなら予選競技は今朝市庁舎でおこなわれる。本選は明晩公会堂でな」老人はそういうと、他国者の風体をよく見ようとさらに身をのりだして、「あんたもわれわれの仲間かな？　ここには魔術師のほかは入れぬのじゃが」

「そうです、まあそんなところです。でもいずれは、噂にきくこのマジェイアの方々のように有名になりたいと思って」

「まあそんなところ、とは何じゃの。いったいあんたは魔術師なのか、でないのか？　手品は使えるかな？」

「ちょっぴりはね」

「どんなのを？」

「いちばん単純なやつだけでして」アダムは答えた、「それこそどこにでもあるような魔法です。だからこそここへきて、もっといろいろ学ぼうと思い立ったのです」

老人はいった、「ふむふむ。それにしても、おまえみたいないでたちの魔術師にゃ、はじめてお目にかかったわい」

モプシーはすわりこみ、話し手の方へつんと頭をそびやかすと、「へえ、見たことないって？　そりゃまったくおまえさんの個人的見解だろ。この服のどこがわるい？」

「しっ、モプシー！　行儀よくしとかなくちゃあ」とアダム。

「何を申した？」老人がたずねた。

「いえ、ちょっと犬に声をかけただけです。こんな服で申しわけありません。じつはこれしか持ってませんので。この町でほかのが手に入れられるでしょうか？」

「そりゃそうだ、そうした方がいい」老人は答えた、「服装規定として、白タイ、シルクハットに燕尾服、とある。わしのとおんなじじゃ。ただし東洋人ならば話は別だがな」老人はもともと魔術師で、もう指が固くなってうまく芸ができなくなったために引退したあとを、こうして門番役につかせてもらっているのだった。彼はそれから、「おまえ、たしかストレーン山脈を越えてきたとか申したな？　そんなはずはない！　あすこはいままでだれも通ったことがない。越えられるものか」

「そうです、それをやったのです」アダムがいった。

門番は信用ならんぞといった眼つきで相手を見つめた。「ふむ、自分でそういうんなら……だいたいそこに持ってきたものは何じゃな?」

「ものいう犬のモプシーです」

「たわけたことを」老人はいらいらした口ぶりで、「そもそもそんなもこもこのかたまりが犬に見えるか。おまけに、犬がものをいうだなどと、わかりきったうそを」

「ひでえ!」モプシーが声をあげた、「ものだの、もこもこのかたまりだのって? てめえの爺山羊みてえなあごひげは何でえ?」

「モプシー、いいからだまれって! 入れてもらえなくなっちまうぞ」

「そこで何をごそごそいいあっとる?」門番がたずねた。

アダムはこたえて、「この犬の申すには、さてもおやさしそうなお年寄りだ、と」

「そう申したと! なかなか目のきくけだものじゃわい」そういってしまってから、ふいにあやしむように、「しかし、わしにはきこえなかったぞ」

アダムはわらった、「わたしにはそうきこえました」

「ちえっ! うそいってら」とモプシー。

「おまえはそういうべきだったたってことよ」アダムがすばやく制した。

「また何かいいおったな?」番人はたずねた。

「あなたのご健康と長寿を、と申しております」

「ふうむ」老人は考えこんだ、「あの山脈を越せるやつで、おまけにものいう犬をつれてるやつとあらば、魔術師とみなさなくちゃならんのう。まあいい、そのつもりで礼儀正しくふるまってくれよ。最初のテストでどれだけ合格するか知っとるかな？　十人に一人じゃよ、せいぜい。ちょっとでもしくじりゃ、それでぽいだ。何か目新しいものの方がいいし、手のこんだことをするよりは独創性じゃね」

「ベストをつくすつもりです」アダムがいった。

「最終選には八人のこる」門番はつづけた、「そのうちから何人えらばれるか、わかっとるか？　三人じゃよ！　満場一致ってやつでな。あとはお払い箱じゃ」老人はもう一度アダムをためすように見た。「ついでに申すが、どうやら準備が足らんようじゃな。助手はどこにおる？」

「使いません、このモプシーのほかは」

「その通りです、何なりとお役に立ちます」モプシーがくすりとわらった。

「ふん！」門番はばかにしたように、「犬が魔術師の助手をつとめるなどと、きいたこともないわ。そいつあこのマジェイアじゃぜったい通用せんぞ。受験者はかならず女の助手をつれてこいって一項があるんじゃ。審査員だって、かわいいお顔ときれいなあんよに目がないとは思わんじゃろうが」

「おたくの都のなかで、だれかそんな助手を見つけるってわけにはいかないもんでしょうか?」アダムはたずねた。

「そりゃできんこともないが、さあて、うまく行くかな」門番はいった、「新規の助手志願者もあらかた口がきまったか契約ずみで、そう残っちゃおらんじゃろう。だがまあ、おまえにチャンスを与えてやってわるいってわけもなかろう。市役所へ行って登録しなきゃならんし」老人は時計をたしかめると、「受付は十時きっかりで終る。あと一時間しかありゃせんぞ。合点だ、それじゃ、ご用心! もうちょい、はなれろ」

扉が左右に音もなくひらいたので、アダムはあわててぴょいと後にとびのいたが、そこへ門番が事務所から階段をおりてきて、二人を迎え入れた。腰は曲っているし、燕尾服は流行遅れですりきれてはいたが、しかし、「マジェイアにようこそお越しを」といったときの、その水色の双眼は親しみにあふれていた。それからまた、いま一度にわかに疑惑にとらえられたものか、こうつけ加えた。

「おまえさん、たしかに魔術師なんじゃろうな。おわかりじゃろうが、専門家で真面目な者しか入れてはいかんことになっとるのでな。あとでごたごたを起されてはかなわん」

「ごもっともで」アダムはこたえた。

「よし、それじゃオーケーだ。うまくやってこいよ」老人がいった。

モプシーがその足もとににじりよっていって、「ふん、もこもこだの、ものだなんぞと」とつぶやいているのが、アダムにはきこえ、あわやのところで押しとどめた。

「モプシー、やめろってのに！」

「なに、なに？」門番はいって、あらためて相手を見下し、「なるほど、なかなかいかすやつじゃわい。いや、べつに手荒く扱うつもりはなかった。こいつ、ちんちんができるか？」

「ちんちんができるかってよ、モプシー」アダムが取次いだ。

モプシーはこたえて、「できるけど、してやるものか。それよりあいつに四つん這いしてもらえるかね？」

「そりゃできるけど、やりたくないといってます」アダムが説明した、「かっこわるいからだそうです」

「まったく、まったく」門番はうなずいた。「でもまあ、たいしたこっちゃわい――正真正銘、ものいう犬とはな！」いまではもう、しゃべっているのがモプシーなのかアダムなのか、門番にはてんでわからなくなってしまっていたのだ。「よし、お通り、お通り！」

アダムとモプシーはかくして市門をくぐった。長旅はここに終ったのだった。

とたんに二人は、いままで見たこともない風物にとりかこまれていた。ひとたびこの高い城壁をめぐらした中に入りこんでみると、このマジェイアの街並は、いかなるきんきらきんのサーカス行列にも負けずおとらず、陽気で、にぎやかで、けばけばしく派手々々しかったのだ。

2　魔法都市マジェイア

世界の魔術師のつどう魔法都市マジェイアは、とある丘の頂きにあり、眼下にたたなわるたのしげな田園の、点在する森や、あかるい草原や、銀色の河や、にぎやかな農場などをみわたしていた。

城壁ごしにのぞまれる平野はどこまでもはろばろと、天と地のとけあう青霞む地平線までつづいており、ただはるか西の方だけは禁断の地ストレーン山脈のくらい連なりにむかっていた。

マジェイアそのものは、アダムのこれまでに見たどの地とも似て非なるところだった、というのは、ここはほかでもないありとあらゆる魔術師、手品師、奇術師、幻術師、早業使い、籠抜け師、読心術師、香具師らが、劇場やコンサート・ホールや公会堂やクラブや宴会などの余興のために世界のどこかをあるきまわっている時のほかは、妻子ともどもこの地にたむろして暮していたのだ。

都のある丘は、東方からはやや西に、北から見ればちょうど南にあたるといってよく、またほんの一マイルかそこらではあるが、時の境をも超越していたので、過去も現在も未来もここではほとんどこれといって変ったところはなかった。

舞台の上で、口から火のついた煙草や色とりどりのハンカチをとりだしたり、何もいないはずのところから生きた鳩をふっとつかまえてきてみせたりしてお慰みに供するのが専門の魔術師たちは、お客を興奮させ混乱させるためには自分たちがいかにも驚くべき超自然能力を具えているふりを装う必要があったので、ひどく排他的によりかたまっていた。奇術師か、さもなくば何らかのかたちで職業的魔術の世界につながりのあるひとでなければ、この都には入れてもらえなかった。

なにしろ、マジェイアに住む魔術師たちは、自分たちの秘密が何より大切な商品ではあり、またその大方が、祖父から父へ、父から息子へと代々受継がれてきたものであったから、後生大事にその秘密を守っていた。観客のうちの誰かが、一瞬まえまではたしかにからっぽだったはずのオペラハットから生きた兎がどうして出せるのかと頭をひねったり、絹のタイツにきらめくスカートのかわいい美女が目のまえで戸棚に入り、あっというまにかきうせてしまうための仕掛をあれこれ推測したりすることはかまわない。しかし、それはまちがっても彼に実際に知られてはならないのだった。

部外者がけっしてマジェイアに立入れないようになっているのは、こうしたわけであり、それどころか、この都のありかさえわからないようになっていた。アダムは、もちろんマジェイアの存在を聞きつけたわけだが、それというのも、この男はもともとものごころついてこのかたいささか魔力があったからである。

囲壁のかなたにぼうっとのぞまれる街は、さながら古城のように神秘めいて心ひかれるたたずまいだったが、とすれば街のなかはさらにそれに輪をかけたぐあいであった。家並そのものは、そのかみ錬金術師や妖術使いや魔女が住んでいた頃のままのこり、丘の斜面にそって建つ破風《はふ》づくりのいびつに歪んだ家々がせまい石畳の路をへだててひしめきあっていた。街の中心は堂々とした広場で、りっぱな市庁舎があり、その片側には時計台が、逆の側には出来上ったばかりの市《まち》の誇りの劇場、マジェイア公会堂がそびえていた。公会堂では魔術師たちが時折仲間うちで芸を見せあって、最新のトリックを披露したり、年一回の魔術師ギルド加入試験をおこなったりするのだった。

手品を職業とする者ならだれでもこの都に住むことができるかわり、この排他的なギルドには最高クラスの名人でなければ入れてもらえなかった。組合員は市でもエリートで、毎年たった三人、百人以上の志望者の中からえらばれるだけだった。だれでも、自分はこのギルドのメンバーだぞと名乗れる方が、下手な芸人よりも引張り凧になるのはあたりまえで、さればこそこの年次試験がマジェイアを興奮と事前行為のるつぼにひきずりこむのだった。

広場にある店々は、どこも手品の用品しか商っていなかった。衣裳や小道具や戸棚やありとあらゆる種類のトリックを演出するための指南書などばかりだった。

だが、さしあたってアダムとモプシーが身のまわりに見出したものは、この市の住人たちで、その連中がこの魅惑的な場所をにぎやかな生彩あるものにしていたのだ。彼らはおおむね黒い燕尾服に白タイ、シルクハットできれいにめかしこみ、肩には、紅やクリーム色のサテンの裏付きのオペラマントをひっかけていた。たいていは黒い先のとがった顎鬚をちょっぴりたくわえ、それがいかにも魔術師でございといった凶々《まがまが》しい趣きをそえていたし、でなければ鼻髭をポマードでかためてぴんとはねあげているか、その両方ともそろえるかしていた。黒檀に黄金の握りのついたりっぱなステッキをたずさえている者もいた。白手袋をした手に尖端が象牙の指揮棒を持ちあるいている者もあった。

しかし目立つといえばさらに目立った服装の者もあって、それは神秘な東洋からやってきたと称するオリエント風の妖術使どもであった。彼らは極彩色の豪奢な着物でのしあるいていた。シナ人は錦襴緞子《きんらんどんす》の寛袖《ひろそで》の支那式ガウンを着、黒い小箱みたいな絹帽子をかむり、長い辮髪をたらしていた。金糸を織り込んだ純白のスーツで、頭に赤や緑や青や黒のターバンをまいた印度人もいれば、クリーム色の毛織の外套でひらひらした被布を頭からかぶったアラブの降霊術師もいた。トルコの連中はだぶだぶのズボンに黒い総《ふさ》のついたえび茶のトルコ帽をかむっていたし、日本の手妻《てづま》使いははでやかな繡取《ぬいと》り入りのキモノすがただった。

女や子供たちも、男たちにひけをとらぬ派手やかでたのしげないでたちだった。男の子たちは父親の縮小版スタイルで、妻やむすめは魔術師の助手の服装であった。東洋の魔術師の手伝いをする女たちはあかるいオリエント風の服をまとい、印度人のそれはサリー、シナ人のは繻子《しゅす》のズボンとチョンサン、アラブ系はアラブ系でゆったりした紗のパジャマを足首でしぼった上に、金糸銀糸のステッチのあるぴっちりした上衣をつけていた。

西方世界の助手役たちの基本的な服装は、全身用タイツとみじかい襞入りスカートとスパンコールか刺繡で飾った胴着とだったが、それがまた実にカラフルで虹の七色が入りまじり、肩からひっかけたみじかいケープでひきたてられていた。

市門が音もなく背後で閉まったとたんにアダムとモプシーを迎えたのは、ざっとこんな光景だったのだ。アダムは目を見はり、モプシーでさえもしばし言葉を失い、せいぜいもっとよく見えるように目にかかる毛を払いのけるぐらいしかできずにいた。

「おどろいたか、え？」門番がいった。

「いやはや、まったく。市庁舎ってのは、どう行けばよろしいんでしょう？」アダムはたずねた。

年老いた門番は説明してくれたが、それがまたひどく長たらしくてこみいっていて、まず丘をのぼって、それから井戸のところで左へ折れると、右手に魔術具店があるから、その二すじ先を左へ行って、三すじ先の五つ破風のある家を通りこして、云々、云々といったぐあいだった。

アダムとモプシーは出発したが、教えられた方角へ行こうとしたものの、たちまちうきうきしたおまつり気分の人波にのみこまれてしまった。市は万国旗をにぎにぎしく飾りたて、がやがやわいわい、魔術でわきかえっていた。みんながみんな魔術のことを考え、話題にするばかりか、実行にもおよんでいたのだ。二人の芸人が路上でばったり出会って、たがいに何らかのトリックを仕掛けたり早業をちょいと披露したりもせずにいるなんて、どうやら不可能であるらしかった。

アダムの見た一対は、たがいにシルクハットをとり昔ながらに礼儀正しく会釈しあっていた。一方が自分のハットに手をつっこんで、生きた白兎をとりだし相手におくると、さっそく相手はそのお返しに自分のハットからさも旨そうな鶏《にわとり》を出してわたした。つづいてその動物たちをいずこともなく、自分の体のどこかにしまいこむと、しばらくおしゃべりして別れて行った。

「いや、けっさくだ」アダムがもらすと、

「ふん、そうかねえ」モプシーがいった、「あんたの方があれよりはましだよ」

ほかの一対はしばし立ちどまっていた。「煙草はいかが？」片方が相手にたずねかけた。

「いや、どうぞおかまいなく」

「葉巻か、紙巻か、パイプか？」

「何でも吸いますよ」

それをきくとさきの魔術師は、だれの目にもとまらぬ早業で片手をうごかしたが、見るとその指のあいだには火のついた煙草があらわれ、彼はそれを友人に進呈したのだ。「これがお気に入りだったと思いますけれど」

「どんぴしゃりです。かたじけない」

街角に三々五々たむろするのは、魔術師の誰彼にカードを引いてくれと招かれた人々だった。通行人も通行人で、ポケットへ手をつっこんでは鼻かみハンカチをひっぱりだす程度の簡単な芸をやってみせずにはいられなかった。そのかわりそれが何ダースもの、ありとあらゆる色のハンカチの出現となるのだった。

通りであそぶほんの小さな子供たちでさえ、お人形やクマを抱いたり、車つきのおもちゃをひっぱってあるいたりするかわりに、からくり箱とか、ロープや旗やコインや紙袋やハンカチとかいったものをもてあそんだり、飽きもせず練習をしたりしながら、「ごらん、よく見てください、さあ、どんなものです！」とか、「ほうら、これではありませんでしたか？」とか、「ちょっとお手を拝見」とかいった声をあたりにひびかせていた。

こうして土地柄と住民のものめずらしさにまごつき且つみとれているうちに、アダムは門番におそわった道をすっかり忘れてしまい、ややあって気がつくと、彼とモプシーは、どこやらせせこましい裏道といびつな家々の入り組んだ迷路に完全に迷いこんでしまっていたのだ。道をきくひとさえ見当りそうになかった。なにしろ二人のいまいるあたりは、市の中でもさびれて人気のないところらしかった。

次の角まできたときには、アダムもどちらへ行ったものかまるきりわからなくなってしまった。心の中でコインをほうりあげてみて、表と出たので、左へまがることにしたが、すると通りかかったとある家の窓が開いていて、中では茶色い髪の小さな女の子がひとり、床にすわりこんでいるのが見えた。とはいえその子が涙にかきくれていることにまでは気がつかなかった。

3　ジェイン

このマジェイアに一人、お祭り気分に浮きたつしあわせな屈託のない人々に仲間入りできないでいる子供があった。本来ならば当然仲間入りすべき子、というのは、ほかでもないこのマジェイアの市長にして魔術師の統領、かつ名匠組合の議長兼審査員たる、偉大なるロベールのそれは娘だったからだ。名前はジェインといって、当年とって十一歳半になるむすめだった。

偉大なるロベールのもつ輝やかしい肩書きのすべては、彼がいかに重要な人物であるかを物語ってはいたが、しかし、それだけでは、彼が家庭にあってはかならずしも最良の父親とはいい難いことまではわからなかった。

会ってみれば、ロベールは堂々たる押出しの巨漢で、物腰もやわらかく、微笑と握手をつねにたやさなかったし、同時にまたするどい眼と、たくみな弁舌の持主でもあって、人々はついうかうかと乗せられてしまうのだった。彼はまた抜群の魔術師でもあり、事実、舞台上のことではこの道でも彼よりくわしい者はだれもなかった。例外といっては、すでに九十にも垂《なん》なんとしていまだに舞台をつとめている老教授アレクサンダーぐらいなものだったろう。とはいえ、ロベールの、人心収攬《しゅうらん》にはうってつけのこうした公的イメージも、家族とともにあるときの私的なそれとはまったく別物であった。

たまたまこの話の折も折、偉大なるロベールはマジェイアの首長として、ちょっとした市政上のごたごたにかかずらっており、そのせいで家庭のなかは常日頃にもましてどうもしっくりしないでいた。ごたごたというのは、全能マルヴォリオたるや、ロベールとよばれる魔術師の家の子郎党どもがひきおこしたもので、このマルヴォリオはロベールをおしのけその位置にとって代らんものと、目立たぬしかし確実なやりかたであらゆる術策をこころみつつあるのであった。

マルヴォリオが市議会のメンバー十三人のうちすでに四人までを味方にひきいれたということは周知の事実であった。のこりの市会議員たちの大方はいまの議長にけっこう満足してはいたが、しかしロベールが大いに誇りとしているこの職から不意にほうりだされるには、あとわずか二、三人の動揺分子が出ればいいのだったし、マルヴォリオは全力をつくしていやがらせにかかっていたのだ。彼はロベールの賛成することには何でも反対を唱えた。些細な点にまでたえず目をひからせて、あらをつつきだすのだった。で、近頃ではそれが徐々に統領ロベールの神経をむしばみはじめていたのだ。

表面的には、こんなことは偉大なるロベールの上に何の影響も及ぼさないかのようで、相変らず何かといえば陽気すぎるほどの高笑いをひびかせ、大げさな握手や肩叩きを欠かさなかったが、家にあってはひたすら鬱陶しさに輪をかけるばかりのようだった。そうでなくてもこの家の雰囲気は、すでにジェインを十分さびしがりやの不倖せな子供にしてしまっていたのだ。なにしろ、父親のみならず母までが、ふだんからジェインより兄のピーターをひいきしていたからで、当年十五歳になるこの兄は、両親の予言によれば、いずれは世界最大の魔術師になるはずだったのだ。

両親はたえずピーターをほめそやした。なんてすばらしい、なんてかしこい、なんて才能のある、なんてきれいな子なんだろう、お行儀もずばぬけてよくって、愛くるしいし、洋々たる前途を思ってもごらん、というわけだったが、ジェインについては、おまえはぶきっちょで、不恰好で、ばかで、のろまで、おまけにみにくい子だと、面とむかっていうのをはばからなかった。

ジェインはじつはひとつも不恰好ではなかった。ほんとのはなし、まことにしとやかな子供であった。ばかでもなかった。事実、兄よりはずっとできる子だった。この兄貴は、なるほどマジェイアの通貨である五ティンガル貨を消え失せさせてそれをだれかの耳のうしろとか項《うなじ》とかからとりだすのは名人だったが、足し算とか記憶力にかけてはそれほど優秀でもなかったのだ。もひとつ、ジェインはちかってみにくくはなかった。

もちろん、ものすごい美人というのでもなかった。濃い栗色の髪と、大きな茶色い眼と、チャーミングなかたちの鼻をしたジェインは、むしろこっそりながめたときの方がかわいらしく、また口もとは両端がへの字に下っているよりも、むしろ上っているときの方が人好きがしたであろうが、彼女がしあわせなときには自然にそうなるのに、そうでないばあいの方がどうも多いのであった。

人間はしかし、年がら年中ぶきっちょだの見ちゃいられんだの、ぱっとしないだのといわれつづけていると、いつしかなおさら、ありもしないものにつまずいてころんだり、きかれたことにもとんちんかんな答えか、または全然答えが出てこなかったり、自分のすがたのうつっている鏡やショウウインドウのまえを通るのをいやがったりするようになるものだ。ジェインの両親の態度は、まさしくそのような効果をジェインに及ぼしはじめていた。そこへもってきて、ジェインときたら何とかして自分自身も魔術師になりたいものと、絶望的に思いつめていたのだ。

それにしても、むすめっ子やご婦人の手品師なんて、いったいきいたことがあるだろうか？　年齢《とし》はもゆかぬうちから稽古をつんで、手のひらにものをかくしたり、カードをさっとひろげたり、手首や指の筋肉をきたえて電光石火、目にもとまらぬ早業をやってのけたりするのは、男の子にきまっているし、父親たちのトリックや定式を代々世襲するのも男の子である。女の子に向いていることといえば、せいぜい助手役だ。魔術は男のすることなのであった。

「あたしたち、まるで召使いだわ」ジェインは人知れずかこつのであった、「ものをとってこさせられたり、ばかみたいにつったっていたりするだけ。そのまに男のひとは喝采をそっくりいただいて、うやうやしくおじぎしたりしてるのよ」おそらくこれが原因で、ジェインはよき助手見習たるべき努力すら示さなくなり、おかげで両親には叱られるし、兄ピーターには嫌がられ、たえず苛められるようになったのだろう。

ざっとこんなぐあいなので、偉大なるロベールの家では、子供たちのことでいざこざのおこるのがあたりまえのようになっていた。統領ロベールがジェインに兄息子の助手役としての稽古をさせようとすると、きまってうまく事がはこばなくなるようで、それがまたみんなジェインのへまで手がのろいことのせいにされる。そうなるとジェイン自身ほんとにそうなってしまって、小道具をもってきちがえたり、隠し電線につまずいたり、くすくすわらってしまったりして、ピーターのせっかくのトリックを台無しにしてしまう。すると、今度はピーターが大声をあげ、おまえわざとやったんだろうとどなりだすのだった。ときにはピーターがかっとして、ジェインの鼻をひねったりすると、彼女もやむなく応戦に出てピーターの髪をひっぱる。打たれればたちどころに蹴りかえす、で、ものすごい取組合いがはじまるのだった。父親と母親はかんかんで、お仕置ということになる。だが罰をくうのはなぜかきまってジェインの方で、夕食ぬきでベッドへやられたり、一日中だれも話しかけてくれなかったりするのだが、一方ピーターはあのばかなひねくれ娘のせいでそうなったというわけで、さっさと放免してもらえるのだった。

ちょうどこの朝も一喧嘩あったところだが、それもたまたま前の晩に、市議会の会合があり、名匠組合の選抜試験の審査員の集りをも兼ねたその席上で、マルヴォリオがとりわけいやみたっぷりの振舞に出たからであった。偉大なるロベールは、ベッドからおりるのもまちがったやりかたをしてしまい、鬱々としてなぐさまず、いつもより以上にむすめのすることに我慢がならなかった。ロベール氏とその息子ピーターが候補者の最終選をひかえて広場の陽気なにぎわいに仲間入しているあいだ、ジェインはといえば、ちょうどせまい石畳の道に面した裏側の地階の一室にとじこめられたわけであった。

ジェインはやるせなく、さびしかったが、かといって自分を憐れむつもりは少しもなかった。彼女はそんな子ではなかった。さびしいのは、ひとりぼっちでだれもいないからであり、かなしいのは、じつはこの分ではとても魔術師になどなれそうにないと、両親にいわれるばかりでなく、彼女自身そんな気がしはじめていたからであった。不恰好で莫迦《ばか》でみにくい者たちには、やっぱり舞台に上って愛くるしくきれいに機敏にふるまうことなんぞ、どだいのぞめないのだろう。

こうして完全にひとりぼっちで一室に閉じこめられ、だれにも見られなくなると、ジェインはさっそく、ピーターの部屋からこっそり借りてきてあった、赤い小さなゴムの玉やその半欠けのをとりだした。そして、その玉をいくつにもふやして見せる方法の練習をはじめた。このやりかたはかねてピーターの見よう見まねで知っていたが、すらりとのばした手の指のあいだに第一の玉をはさみ、つづいて第二、第三、第四とどこからともなく次々に玉があらわれるように見せかけるのだった。トリックはいうまでもなく半欠けのを完全な球体みたいに見せかけるところにあった。

けれどもジェインには、それがどうもうまくこなせなかった。今日は何もかもうまく行かないみたいで、取落したうちの一つ二つは、簞笥の下やソファのうしろにころがりこんでしまってどうしても出てきてくれず、ジェインはついになすすべを知らず、床のまんなかにすわりこんで、悲憤の涙にくれていたのだ。ぶきっちょだの、みにくいだの、その他みんなにさんざんきかされたような欠点があるばかりではない、自分ときたらこんな簡単な指さばきをおぼえることさえできないのであり、兄貴はそれを第二の天性さながら易々とやってのけていたのだ。

ほんとのはなし、ジェインの胸はひきさかれるようで、いまにも死んでしまいたいくらいの気持だったが、これはまたまことにジェインらしからぬことであった。

ジェインは、だから一人の他国者がすぐそばに、事実、角をまがって彼女の窓が視野に入るところまできていることにも気がつかなかった。その出現こそは彼女の人生に最大の転機をもたらすことになったのだが。

4　アダム助手を見出す

「ちょっとうかがいますが」アダムはいいながら、少女の顔が涙でぐしゃぐしゃで、すわっている床の両側にも小さな水たまりが二つあるのに気がついた。「やあ、ごめんなさいよ」アダムはいった。「泣いてたとは知らなかったんだ。だったら邪魔するんじゃなかった。何かこまったことでもあるの？　ぼくにお役にたてることがあるかい？」

ジェインはふいに窓の額縁のなかにあらわれた見知らぬ人影にびっくりして、泣くのをやめ、どう答えようかと思案した。（モプシーには気がつかなかった、モプシーは敷居より低く視界の外にあったのだ）「そんなこと、とんでもないわ」ジェインはようやくいった。「ただ、あたしはわるい子だったんで、こうしてとじこめられて、一日中外へ出してもらえないだけよ」

ーって、兄さんのことだけど、それが、おまえなんて豚の助手ぐらいがお似合いだ、って
いいだしたからよ。で、あたしが、現にいまそれをやってるじゃないの、っていうと、兄
さんはだれも見てないすきに、あたしを打ったの。それで、もちろんあたしはひっかいて
やって、それから父さん母さんに見つかって、それから……」

「なるほど。で、ほんとにわるい子だったの？」とアダム。
「だったと思うわ」ジェインは答えた、「父さんをあんなに怒らせたんですもの。だった
にちがいないわ。でも、はじまりはあたしがピーターの手伝いをしているときに、ピータ
ーって、兄さんのことだけど、それが、おまえなんて豚の助手ぐらいがお似合いだ、って
いいだしたからよ。で、あたしが、現にいまそれをやってるじゃないの、っていうと、兄
さんはだれも見てないすきに、あたしを打ったの。それで、もちろんあたしはひっかいて
やって、それから父さん母さんに見つかって、それから……」
「そうだよねえ」アダムはいい、ジェインはジェインで奇妙な胸さわぎをおぼえた。この
おかしな様子をした窓の外なる若者は、ほんとは何ひとつ知らないはずなのに、何でもわ
かってくれそうな気がするのだった。若者はこんどは下をみて、つけ加えた。「何かいっ
たね、モプシー？」
「あなた、だれとしゃべってるの？」ジェインはたずねた。
「モプシーだよ、ぼくの飼ってる、ものいう犬でね。じつはぼくたち、迷子になっちゃっ
たんで、市庁舎へ行く道をおしえてもらえないかと思ったんだ」
ジェインは涙も憂さも打忘れて、立ちあがった。「ものいう犬ですって！　どこにいる
の？」そして窓際にやってきた。

モプシーはいった。「もちあげてよ。ぼくだってその子を見たいよ」

「まあ」ジェインはまたしても声をあげ、「いい犬ねえ！　ちょっと抱いてもいい？」

「抱かせてやってくれよ」モプシーはいった、「彼女、かなしそうだ、ぼくがキスしてやる」

アダムは近づいて行って、モプシーをわたすと、ジェインは受取って、そっとだきしめた。ピンクの舌が尨毛《むくげ》のカーテンのかげからのぞき、ジェインの鼻の頭をちらと舐《な》めた。

「気に入ったよ、この子、だんぜん」モプシーはいった、「その兄貴とかいうやつ、まったくひでえやつらしいな」

「まあ、いい子ちゃん！」ジェインはいい、それからアダムの方をむいて、「この犬、どうすればしゃべらせられるの？」

「どうすればって、年がら年中しゃべりまくってはいるんだけどね。いまいったことは、きみがどうも悲しそうに見えるって。それできみにキスしたくなったって。それから、きみが断然気に入ったってさ」兄貴のことだけはぬきにして、アダムは答えた。

ジェインは信じられぬといったふうに、アダムをみつめた。「あたしには、この犬のことばなんて、ひとつもきこえなかったわ」

「ぼくにはきこえた」

ジェインは犬を一瞬顔から遠ざけ、それからいった。「ああ、モプシー、好きだわ」モプシーは欣喜雀躍《きんきじゃくやく》して、絹糸のようなふさふさした尻尾をばさばさとうれしげにざわつかせながらこたえた。「ぼくだって、好きだ」

「ほら、いったよ」とアダム、「きこえなかったかい？　こいつもきみが好きだってさ。いや、おどろいたなあ！　こいつがこんなにあっというまに他人とうちとけたことなんて、いままでありゃしなかったもの。きみはよっぽどいいひとなのにちがいない」

「ほんとにそう思って？」そういったジェインの眼には、いま一度、一つぶの涙がふっときらめいたのだった。無理もない、彼女のおぼえているかぎり、これが他人にそのようなことをいわれた最初だったのだ。「この犬、ほんとにそう思ってくれてるのかしら？」ジェインはそういうと、もう一度大きくモプシーを抱きしめ、お返しに耳を一舐めされた。

「この子、愛に飢えてたんだね」モプシーはいいながら、しきりにジェインをなぐさめようとするのだった。

ジェインはうっとりしてしまった。彼女はいままでにペットというものを飼ったことがなかった。このマジェイアにいる、カナリヤとか鳩とか兎とかいった少数の生き物たちは、いずれもトリックに用いられたり、芸を仕込まれたりするためのものだった。それがいま、ジェインはこうして見も知らぬ犬、それどころかものさえいう犬によって、こんなにもてはやされているのだった。

ジェインはようやく、窓の外の路上に佇む男のすがたをしげしげとながめたが、その風変りな衣裳に気がつくよりさきに、何はともあれ目についたのは、男の双眼の並はずれたかがやきようと、長くていっそ奇妙なかたちの鼻と、わらうと顔いっぱいにひろがった目までロもとのしわの中にかすませてしまう大きな口とであった。汚れた革服を着、赤茶けた髪に粋な羽根つき帽子をあみだにかぶり、杖とリュックサックをもったこの男は、ジェインがこれまでに会ったどんな男とも似ていなかった。それでいてジェインには、同時にずっとまえからこの男を知っていたような気がするのだった。

「あなたはだれ？」ジェインはたずねた。

「名まえはアダム」

「アダム、何ですって？」

「何もかにもないさ、アダムだけだよ」

「あなた、魔術師なの？　ああ、そりゃそうよね。でなけりゃ、ここへはこられないもの。じゃあ試験を受けにいらしたの？」

「そうだよ」

「でも、だったら〝アダムなにがし〟っていうふうにしなけりゃならないわ。たとえば天オアダムとか、大アダムとか、何だったら、でたらめアダムなんてのでも」

「かまやしないさ」アダムはいった。

「どういった種類のことをなさるの？」

「ま、いちばん簡単なやつだよ、たぶんね。見た目に華やかなものじゃない。それだけはたしかだ」

のこんの涙のきらめく真剣な眼が、アダムを頭のてっぺんから足のつまさきまでさぐった。

「あなたの着てるの、ずいぶんおかしな服ねえ」ジェインがいった。

「そうさ、そんなことといえば、おたがいさまさ」モプシーが口をはさんだので、アダムは思わずわらった。

「小さな天使さん、何ていいました？」ジェインはモプシーの全体をよくながめられるように、彼をぐっと体からひきはなしておいて、たずねた。

アダムが取次いだ。「こいつのいうにはね、そりゃそうで、そんなことといえばきみの服だって少々変ってるじゃないか、と」

ジェインはスカートをぴんとひっぱり、スパンコールのついたチョッキをきちんとととのえた。そしてぴしゃりといった。「これはね、マジェイアの魔術師助手のためのきまった服装なのよ。じっさい、着るものといったらいつもこれだわ。ただ、あたしとしては、その助手役になるのはごめんだけど。ちゃんとした魔術師になりたいのよ、あたしは。でも、父さんがそうさせてくれないの」

「きみの父さんて、何てひと？」

「偉大なるロベールよ」ジェインは答えた、「魔術師の統領で、マジェイアの市長なの。それから、あたしの名まえはジェイン。父さんは、あたしは魔術師になれないっていうの。魔術なんて女の子のすることじゃないんですってよ。だけどあたし、なりたいのよ。ひとつお目にかけましょうか？」

「そりゃいい、どうぞやってください」アダムはいった。

「じゃ、ちょっとこれを抱いてて」ジェインは声をあげ、モプシーをアダムに返した。アダムが窓敷居にのせてやると、モプシーは満足そうに大きくのびをした。ジェインはジェインで、簞笥のところにかけて行って、抽斗《ひきだし》をあけ、一本の中空の筒らしきものと、ハンカチ一枚とを取り出した。そして部屋のまんなかに立つと、目をほそめ、くろうとはだしの声音になって、いいはじめた。

「これなるは一本の筒、どうぞお目にかけましょう。おためし下さいますか？　ごらんのとおり、からっぽでして、あちらがのぞけます」

「のぞいてみようよ」モプシーがいった。

アダムは筒をとりあげ、モプシーにものぞかせてやった。

「よろしい。べつに異常なしだ」とモプシー。

アダムは筒を返した。「たしかにからっぽだと思います」

「さあ、それではこのハンカチ」ジェインはつづけた、「これなるただの、ありふれた白いハンカチでございますが、何でしたら、かまいません、どうぞおしらべください。さて、この筒にこのハンカチをつっこみまして、ヒグルディ＝ピグルディ＝パラバルー！　さあて、何がとびだしますか」いいおわるやジェインは、年柄にも似合わぬあざやかな手際で、筒をぽんとはじくと、中からするすると数珠つなぎになった一ダースあまりもの色とりどりのハンカチをひっぱりだしはじめた。さいごの一枚はマジェイアの国旗で、金と青と銀の三色旗だったが、その一枚をジェインはもったいぶって、会釈とともにさしだしたのだ。

「これはこれは、たいした腕前じゃないか！」アダムはさけんだ。

「わるかねえや！」モプシーもいった。

ジェインはうれしそうにわらった。「ほんとにお気に召して？　だったらうれしいわ。じゃあ、こんどはあなたの番。何かひとつやってみせて」

「こちらはとても、そんなかわいらしいことができるとは思わないけどね。でもまあ、やってみよう」アダムはこたえた。

彼はいままでもたれかかっていた杖を宙にあげた。少女は興味津々のあどけない顔つきで、わずかな動きをも見のがすまいときらきらした眼で見守っている。杖は、アダムが自分で樫の枝を切って、小枝をきれいに削りおとし、すべすべにみがいたもので、山坂越えての長の旅路のよき助けであった。アダムはそのなめらかな表面を右手で一撫でしたかと思うと、たちまちその指のあいだには、少女にささげるための一輪のバラが咲きいでていたのだ。「お受けとりください」アダムはいった。

ジェインはわっと歓声をあげて、バラを受取った。「まあ、きれい！　それにまあ、なんていい香り！」つづいてやや戸惑ったような表情を頰にうかべ、思わずまたさけんだのだ。

「だけどこの花、ほんものよ！」

「もちろんです」とアダム。

「わるかねえや」モプシーがつぶやいた。

「そんなこと、あるもんですか」ジェインはいいきり、指さきでやわらかい花びらのおもてにそっとふれた。「それに、見てよ、まだつゆのしずくまでひかってる、涙のつぶみたいに」ジェインはちょっとのま、びろうどのような花びらを頰におしつけ、いま一度ふか

ぶかとその香りを吸いこんだ。それから奇妙な、疑わしげな表情を目にうかべて、アダムにバラをつっ返しながら、

「さ、とってよ。何だかきみがわるい」

「どうして、ジェイン。そんなことといって、何も気味わるいことなんかありゃしない。でもまあ、いやだっていうんなら」アダムの手が動いたかと思うと、バラは消え失せ、のこるのは杖ばかりだった。

「うまいな」とモプシー。

「あら」とさけんだジェインの声には、またべつの悲しみのひびきがあった。「消えちゃったのね、あたし、好きだったのに！　だって、このマジェイアには、ほんものの花なんてないんですもの。ここにあるのはみんな人造の花ばかり。それで、何だか気味がわるくなっちゃったのよ。どこから出てきたんでしょう。どこから持っていらしたの？」

アダムは答えた。「魔術でね」

「ばかいわないで」とジェイン、「ちょっとその杖見せて」

アダムが杖をわたすと、ジェインはしらべにかかり、表面を丹念に、専門家らしくなでさすってみたり、一インチごとに指でおしてみては、何か、発条とか、弁とか、蝶番《ちようつがい》とか、もしくは花を仕込んでおけるような秘密の洞《ほら》のようなものでもないかと探ったりした。

「ふふ、見つけようたってむりだろ」モプシーが口出しした。

「だまって！」とアダム。

しらべ終えて頭をあげたジェインの眼に、ふたたび涙がうかんでいるのにアダムは気がついたが、しかし、このたびの涙は怒りのそれであった。顔をまっかにさせて、ジェインはさけんだ。

「あんた、いますぐこの仕掛けを種明ししてくれないと、もう二度とあんたとは口をきかないわよ！」

「そんなことといったって、わからないのかなあ」アダムは答えた、「種明しなんて、何もないよ。それこそ魔術だもの」

ジェインはたまらなくなって、「あんたって、にくらしいひとね！　ほんものの魔術では、こんなこと起りっこないのよ」

「魔術って、みんなほんものだろ、ちがうかね？」アダムはまじめな顔でいった、「きみのはそうじゃなかったのかい？」

少女はこの質問に目をぱちくりさせ、一瞬答えるすべを知らなかった。だが、その眼と顔つきにうかんだ表情には、何かこうえもいわれぬ奇妙なさびしさのようなものがあって、いままでの怒りはまたたくまに跡方もなく消え失せていた。「ごめんなさい、アダム、どうぞゆるしてね、あんなことといってわるかったわ。だからみんなにいやな子だっていわれるのね。でも、悪気があったわけじゃなくて、ちゃんとした魔術師になりたいと思えばこそ……」

「でも、全然いやな子じゃないじゃないか」アダムがさえぎった、「もしいやな子だったりしたら、モプシーはきみに見向きもしなかったろうに、それがあのとおり、きみに首ったけじゃないか。いいかい、ジェイン、ちょっと思いついたことがある。ぼくを入国させてくれた門番のじいさんがいったんだが、選抜試験にはだれか助手がいないといけないんだそうだね。何ならぼくを助けてくれないかな。そんな役、好きかい？」

「アダム、あんたぁすげえや」とモプシー。「こっちもまさにおんなじこと考えてたんだぜ」

「あなたの助手ですって？」ジェインはささやき、にわかに夢みるような目つきになって、ぞくっと身慄《みぶる》いした。「させてくださる？　あたしにできると思って？　ああ、だけどあたし、何でも台無しにしちゃうわよ。だって、父さんも母さんもピーターも、あたしはぶきっちょで不恰好でころんでばかりいて、何にもちゃんとできたためしがないっていうのよ。それにあたしは、全然きれいでもかわいくもないでしょ、それも魔術師の助手にふさわしい大事な条件のひとつよ」

アダムはジェインを見守っていたが、目は微笑のしわにまぎれてほとんど見えなかった。

「そんなことといったって、ジェイン、ぼくは一言も信じないぜ」アダムはいった、「きみと組めれば、ねがってもない光栄だ」

「ああ、アダム、あたしだってどんなにやりたかったかしれない。ようくようく気をつけて、けっしてあなたのお邪魔にならないようにするわ」

「よし、それでは、これで決着と」アダムがいった。

「こっちもうれしくてうれしくて」モプシーが口をはさんだ。

「モプシーもおなじこと考えていたんだよ」アダムはいいながら、窓框《まどがまち》から犬をつまみあげ、舗道におろしてやった。「じゃあ、きてくれ、市庁舎へ行く道をおしえてもらわなくちゃ」

ジェインはさっと手で顔をおおい、またもや泣きだしかけた。「だめなの。わからないの？」彼女は涙声で、「あたしは、わるい子だったんでお仕置きされてるところなのよ」

「なるほどねえ、そういえば思い出した」アダムがいった、「よし、じゃあ聞くが、きみは兄さんをひっかいてわるかったと思ってるのかい？」

「ひっかかれて当然だよ、そんな兄貴」モプシーがいった、「おれだって、そうしてやったろうよ」

「モプシー、だまってろ！　さあどうなんだ、ジェイン？」

「ええ、わるかったことはわるかったけど。兄さんの方でも、あたしを打ってわるかったと思ってるんならね。でも、そんなこと思っちゃいるもんですか」

「今日のことだけは、ともかく、自分がわるかったと思ってあげられないかな？」

ジェインは両手をにぎりこぶしにして、その上にあごをのせ、じっと考えこんだ。

「ゆるしてあげられそうだわ」ジェインはいったが、すると、自分でもまったく思いがけないことに、何だかほんとにわるかったという気がしはじめたのだ。「あたしがわるかったわ、ほんとに」

「すばらしいや。だったら、これでお仕置きもおしまいというわけだ」アダムがいった。

「でも、父さん母さんが何ていうかしら？　二人ともかんかんだわ！　あたし、お許しをもらってないもの。ああ、こんなにあなたの助手になりたがってるのに！」

「そこはぼくにまかせとけよ」アダムがいった、「じゃ、でかけられるね」

「でかけられると思って？　あたしは閉じこめられていて、鍵は父さんが持ってるのよ」

アダムはふたたびリュックサックを肩にかけ、杖をとりあげていた。「窓から出てごらんよ」アダムはわらった、「モプシーが入れたんだから、きみだって出られるさ」

「よくそんなことを思いつけるねえ、アダム」犬はつくづく感心したようすだった。

ジェインはおそるおそる、窓框に足をかけた。アダムは手をさしのべた。モプシーはとんだりはねたり、興奮のあまり狂ったように吠えたてながら、でんぐり返ししかねないありさまだった。あっというまに、ジェインは二人のかたわらにやってきていた。

「へいきだったろ」とアダム。「さあ出発」

後になり先になりしてはねまわるモプシーともども、三人は街をあるきだした。

5 法外屋フスメール

市庁舎の内側の扉には、「市会書記。ノックをして入室のこと」と記されていた。いまだにおびえきっているジェインをばわが手にしっかりと引寄せながら、アダムはその指示に従い、扉を叩いた。

中からは、「お入りなさい、お入りなさい!」と、甲高いきいきいした声がひびいてきた。入るとまずアダムの目にうつったのは、デスクのむこうにひかえたおそるべき肥大漢で、どうやら鬘《かつら》らしきものを頭蓋にいただき、やけにまっ白な歯をば、いかにもいけすかない感じのまるい赤ら顔から目もくらむほどぎらぎらとかがやかせていた。身につけたのは、ここの大方の住民とおなじ白タイに燕尾服だったが、あまりにもでっぷりとふんぞり返っているために、いまこの瞬間にも服がはじけとぶのではないかと思われるほどだった。

デスクの上には小さな金属板があって、「法外屋フスメール、市会書記」と記されていた。

ジェインはたちまち逃げだして部屋のすみにすわりこんだので、書記が顔をあげ最初の一瞥《いちべつ》をくれたときにそこにあったものは、すりきれ汚れきった服をきて目のまえにつったっているアダムのすがたであった。

「商人ならば裏口からだよ」きいきい声がひびいた。こんなばかでかい男がこんなかぼそい声しか出せないなんてふしぎだが、事実そうだったのだからしかたがない。男はそれからじろりと二度目のまなざしをくれた後に、まえにもまして甲高い声をはりあげた。

「流れ者にゃ施さねえことになっとるんだ。出てった方が身のためだよ」そして、しまいに机ごしにこちらをじろじろやりながら、こう結論づけたのだ。「もひとつ、犬は入室禁止になっとるんだ！」

「でも、わたしは商人でも流れ者でもないんですが」アダムはていねいにこたえた、「わたしは魔術師でして、こっちはものいう犬のモプシーです。魔術師名匠組合の加入試験を受けたいんです」

「でぶちゃん、何でそう食ってかかるんだ？」モプシーがたずねた、「きっと今朝、ベッドのおりかたをまちがえたんだろ」

「モプシー、だまれ！　行儀よくしてろってのに」

「いいよ、そんならこいつだって、どうしてそうしないんだ？」モプシーがたずねる。

この質問にはちゃんと答えがあった、ただしアダムもモプシーもすぐにはわからなかっただけだ。だいたいこのマジェイアに住む魔術師たちの大方は、しごく気立てのいい親切な連中で、この道を志す若い後輩とあればいつでも熱心によろこんで助けてやるのだったが、たまたまこのフスメールだけは、そういう連中の一人ではなかったというわけである。彼は、市会書記としての自分の権力にものをいわせて、受験者や初心者をおびえさせ、あがらせ、ノイローゼにおとしいれるのをおもしろがっていた。おまけに嫉妬やきで、受験者がみんな落ちてしまえばいいと思っていたのだ。さらに、この男のもっともいけすかない点は、こうした弱い者いじめに加うるに、小心翼々《しょうしんよくよく》のおべっか使いでもあることで、つねに勝者の側にくっつくのだった。

「ふん、てめえが自分でやっといてさ。こっちはそろそろ店終いしようと思ってたんだ。おまえさんはどうやら腹話術師だと見える。へんなとこで声を出して、他のやつがしゃべったように見せかける手合だ」

いいおわるやフスメールは、右手を机のあたりにさまよわせた。ペンが一本、指のあいだにあらわれて消え、ふたたびあらわれたときには、今度は二本になっていた。つづいて三本、消えてはそのたびに一本ずつふえてゆく。アダムはすっかり目をうばわれた。フスメールは左手をもおなじように動かしたかと思うと、宙からつかみとったかのようにして、細長い一枚の調査カードをとりだした。「書類C3」——組合加入志願者のための調査書であった。

「どうだ、わるかねえだろ?」フスメールはいった、「このぐらいうまくできりゃ、おまえさんにもチャンスはあらあな」

「見せびらかしやがって!」とモプシー。

「しいっ!」とアダム。

「何をいっとる?」フスメールがきいた。

「この犬のいうのに、すばらしいお手並だと」アダムがこたえた。

「これで鳴らしてるんだよ。さて、と」フスメールはそういって、満足そうな微笑みをうかべながら、ペンを紙の上にかまえた。どうやらこれで少くとも半ダースぐらいの石ころをこの後進の行手にぶちまけて、足許をぐらつかせてやれたであろうことはたしかだったからだ。フスメールには、これといった理由もないのに、アダムがどうも気にくわなかったのだ。

「名まえは?」

「アダム」

「苗字は何だ？」

「ありません」

「何だって？　そいつあおかしいじゃねえか。親の苗字は何という？」

「いえないんです、知らないんですから」

市会書記はふんと鼻をならした、「まるでお話だな。けっこうけっこう。それじゃ、どこからおいでなすった？」

「グリモアからです、ストレーン山脈のあちら側の」

「はて、聞いたこともない！　どう綴るんだ？」そういうと、フスメールはにわかに鋭い目付になった、「ふん、見えすいた嘘だな。あの山のむこうから人がくるはずがない」

「なぜそんなことがわかる、風船玉野郎」モプシーがくってかかった。

「モプシー！」アダムがたしなめる。

「だってあんたのことを嘘つき扱いしてるじゃないか！」

「何、何だと？　何を二人でごそごそやりあっておる？」フスメールがさけぶ。

「この小犬がいったんです。こいつ、おたくの事務さばきにひどく感心しております」

フスメールは机の縁ごしにのぞきこんだが、目にうつったものはといえば、床の上の小さな毛のかたまりばかりだった。どちらが頭でどちらが尻尾かさえもわからなかった、なにしろこのときモプシーはぴたりと動きを止めて、毛筋一本そよがせずにいたからだ。

「よし、まあそういうことにしとこう」フスメールはいったが、どうもすっきりしないままであった。「それでは、と。芸名は何という」

「何のことでしょう？」

「職業上の名称ってことよ。いわゆる、〝何々屋誰兵衛〟というようなやつだ。それ、たとえば〝びっくりや〟とか、〝仰天斎〟とか〝たまげた亭〟とかいう。おれのばあいならば、〝法外屋フスメール〟で通ってる。この名ならきっときいたことがあるだろうが」

「いずれにせよ、おれさまはきいたおぼえがねえや」モプシーが口をはさんだ。

アダムは足でおどかすようにこっそり一突きくれてやってから、答えた。

「もちろん、かねて伺ってはおりました。しかし、残念ながらわたしはアダムだけなんです。簡単明瞭、ただのアダムで」

市会書記は苦笑いのついでにぴかぴかの歯をのこらずむきだしにして、いった、「そんなら、どうかね、〝ただのアダム〟てえのは？」

「ありがたい、それでよければそうして下さい」

フスメールははたして相手が冗談をいっているのかどうか、たしかめるようにアダムをきっと見つめたが、しかしそうでないことがあきらかに見てとれたので、しぶしぶながらそのとおり書き記した。「ただのアダム、とな」つづいて、「年齢は?」

「わかりません、閣下」

「何だと? いつ生まれたんだ?」

「ばかばかしいっちゃねえや!」モプシーが笑いをこらえ、「自分がいつ生まれたかわかってりゃ、もちろん年齢だって教えてやれるよ。そうだろう?」

「モプシー、やめろ!」

「ちえっ、このとおりだ」フスメールの腹立たしげなきいきい声がひびいた、「虫のすかん犬め、何かにつけて邪魔を入れやがる。次に、だな。その服装はいったい何だ? その衣裳、何て書き記しゃいいんだ? まともな魔術師がそんな風体であらわれたなんて、いままで見たこともないぞ。まさかそんなふざけたなりして、お偉い審判官さまがたのまえにしゃしゃり出るつもりではあるまい!」

「申しわけありませんが、いま着いたばかりでして」アダムはこたえた、「リュックサックに一着、きれいなのが入ってはいますが、着替えをするひまがなかったんです」

「そんなことじゃ、とうていパスせんよ」フスメールはにやりとしていった、「おそらくその見てくれだけで、黒丸を頂戴するだろうぜ」

「こいつ、なかなか言うじゃないか」とモプシー、「まるでソーセージの皮のはじけかけたみたいなくせして。ソーセージってえば、一本食いたくなったよ。腹がへってるんだ」

「まあ待てよ、モプシー」

「また犬めが何かいったな?」とフスメール。

「すみません、閣下。しずかにしろといいきかせたところで」

「よし、次の項目だ。助手の氏名は?」

「ジェインです、ここにいます」

いいながらアダムは、見つけたばかりの友人を指さした。指さされたジェインは椅子から立ちあがり、そこはさすがの娘、最高の礼をつくして市会書記のまえに深々と頭を垂れたので、フスメールは度胆《どぎも》をぬかれてまじまじと彼女を見つめた。いままで、彼女のいることにさえ気がつかなかったのだ。

「ジェインだな? 魔術師の統領殿のご令嬢ときたか? よかろう、こいつあ上出来だ。親父さんはこのことをご存じかな?」

「まだです」とアダム、「しかし、一言ごあいさつ申し上げさえすれば、反対はなさらないだろうという自信はあります」

「ひゃひゃ!」フスメールはせせらわらった、「こいつあいいや! これでおまえの落選がはっきりしたぞ。いいか、子供はだめなんだ。偉大なるロベール様みずからそう仰せられておる。この子はぶきっちょだぞ。おまけに年齢が足らんよ。十四歳がマジェイアの助手資格の最低規準だ。いいかな、何かいちゃもんのつけようがあるかね?」

「アダム、たのむからこいつに一ぺんだけ噛みつかせてくれよ」モプシーがせがむ。「やつの踵《かかと》、机の下のすぐそこにあるんだぜ」

「だめだ、ぜったいだめだ」アダムは叱りつけた、「いいからちゃんとおまえらしく身をつつしむんだ」そしてフスメールにむかっていった。「旅の身分に免じて、そこを何とかひとつお手やわらかにお願いできませんでしょうか。ジェインもきっとうまく助けてくれて、わたしの不手際をカバーしてくれることと信じます」

「お願いよ、フスメールさん」ジェインもたのんだ、「あたし、死にものぐるいでやるつもりですし、このひと、ほかに助手がいないのよ」

「ようがす、のちほど正式に決着がつくまではね」フスメールがいった、「あんたの親父さんが決定するんだから」

偉大なるロベールがいくらこの子のことをあまり高く買ってはいないように見えるとはいっても、彼が権力の座にあるかぎりは、その家族の一員にやみくもに楯ついたりするのも考えものだったからだ。フスメールはここでぬかりなく頭を働かせ、こいつはひとつ全能マルヴォリオの方にもわすれずにおべっかを使っておかずばなるまいぞと考えた。フスメールの見るところマルヴォリオは、統領の座をめざしてかなり着実な地歩を築きはじめたところであった。彼はようやくアダムの方にむきなおった。

「さて、おまえさんのすることは、と。得意のわざは何だ？　カード、ロープ、カップと玉、コイン、紙幣、ハンカチ、四ツ玉、玉子の消失、煙草、チャイニーズ・リング、読心術《メンタル・マジック》、闇中幻技《ブラック・アート》、鋸で女を斬るってやつか……」

リストが次々に読上げられるのに、アダムは神妙に耳をかたむけていて、さいごに答えた。

「どうやら、そのどれでもないようですが」

「だったら何をするんだ、綾取りでも？」フスメールは意地悪くきいた。

「ただの魔法なんです」とアダム。

「このひと、すばらしいバラの花を魔術であたしにプレゼントしてくれました」ジェインが口をそえた。

「ふふ、そんなとこだな！」フスメールはせせらわらい、「赤んぼのするこった」

「でも、そのバラ、ほんものだったのよ」ジェインがいいはった。

「ほんものか、なるほど！　このマジェイアにそんなものがあるかってんだ」

「一ぺんだけ、ワン、ツウ、パクってやらせとくれよ」モプシーがせがむ、「血が出るほどは嚙むもんか、ほんの上っつらだけ……」

「いかん！」アダムはきっぱり制した。

「道具は何を使う？」フスメールがつづけた、「仕掛つきの服、支柱、補助袋、二重底の箱、見せかけの卓子、仕込装置、いかさまカード、いかさまダイス、鏡をネタのマジック・キャビネット、吊りネタ、引きネタ、仕掛タバコ、隠しポケット、トリック・ピストル、クリップ、吊り鉤、小手先のすり替え」

「ざんねんながら、そういった物はひとつも持合せませんで」アダムはうちあけた。

市会書記はいまや全く信じられぬといった面持だった。

「それで魔術師としてやってみようってんだね？　共謀者《さくら》でも使って？」

「さくら？　おことばの意味がよくわかりませんが」

「なんてこった、ほんとに知らねえのかな？」フスメールはいらいらした口ぶりで、「共謀のことじゃないか、あたりまえよ。見物人のなかや舞台わきにあらかじめ忍びこませておく助人で、そいつがうまく助太刀をだしてくれるんだ。また舞台にどなたかご登場ねがうときにも、生意気な兄ちゃんなんかがしゃしゃり出て仕掛の邪魔をしないように気をつけてくれるんだ」

「もちろん、そんなもの使いません」とアダム、「そんなの、ずるじゃありませんか」

市会書記は鼻をならして甲高くせせらわらった。

「ははは！　ずるだとよ。で、おまえさんの考える魔術てな、一体どんなんだ？　いずれにしたって、何らかのずるであることに変りはねえだろうが。ええ？」

「いや、わたしのはちがいます」アダムがこたえた、「少くとも、自分ではそう思ってません。正直な魔術なんです」

フスメールはわらいだして、いった。「そいつあ大したこった、ははは！　よしそう書いといてやろう」書終えると彼は紙をつまみあげ、ざっと目を通して、あざけるように、「よかろう、ご立派なおあにいさん、これを綜合するにどんな結果が出ると思う？　つまりアウトだ。わかるかな、ア・ウ・ト、落選じゃよ！」

「ああ、どうしましょう！」ジェインはさけび、アダムの方ににじりよった。

モプシーはこのたびは何もいわなかった。無言でうなっていたのだ。ただし毛の垂幕にさえぎられて、そのうなり声はあまり効果的にはひびかなかった。

「どうしましょうたって、どうにもなりゃしねえ」法外屋フスメールはいった、「おまえさんはじっさい、一項目だってこっちの要求にかなってないんだからな。名前もなければ、年齢もわからない。どこからきたかもごまかす、助手は若すぎる、わしの挙げた型を何ひとつ知らぬ、裏方も道具も持たぬ、服装も調っちゃいない。——さしずめその恰好は案山《かか》子《し》ってとこだ。ほんとのはなし、おまえさんはいんちき者にすぎんてことよ」

「まあそんなとこだ」モプシーがいった、「さて、それでは一口かじらせていただくとするか」

アダムはしかし、あわやというところで片足をモプシーのまえにつきだして、「まて！」とおしとどめた。

「ただしじゃよ、おれの判断に狂いはないか、ものはためしだ、こうしようじゃねえか」フスメールはつづけながら、ちょいと居ずまいを正し、カフスをととのえ、頭のかつらをかるく叩いた、「おまえさんがいまこの場で、まんざら子供だましでもねえトリックを一つでも見せとくりゃあ、それに免じてこの紙にオーケーって印をついて、試験を受けさせてやる。どうだ、このおなさけをどう思う？」

「大きにありがたいことでございます」アダムはいった、「それではご披露におよびましょう。閣下のさっきなすったのにくらべれば、たいした変りばえもなさそうで気がひけるのですが」

「わかっとる、わかっとる、いいから、すぐはじめろ」フスメールはいらいらしたようすで答えた、「おれあ二階の審査会の方へ行かにゃならんのだ」

「それじゃ、ジェイン」アダムはいった、「うまくいけば、ついでにフスメールさんに、きみがどんなにすばらしい助手たりうるかもお目にかけられるってわけだ」いいながらアダムは少女をわきに従えたまま、市会書記の机からすこしばかり離れた。「いいかい、ぼくの帽子をもって、あそこの椅子のそばへ立ってくれないか。そう、それでよし。今度は帽子をさかさむきにして持って、何かとんできたら受けとめられるようにして。そうだ、上出来じゃないか、ジェイン！　さて、フスメールさま、ようござんすか？」

いいおわるやアダムは、「ほい！」と一声、さっとかろやかに手をひらめかせ、何物か宙から一すくいしたかたちで、それを助手の方へほうりなげた。「ジェイン、落すなよ！」

そしてひろげた手には、何ものこっていなかった。

アダムは市会書記の方に一歩だって近づいたわけではない。だが書記氏は、このとたん尻に鋲でもささったように、坐っていた椅子からとびあがり、片手で口をおさえてもごもごいいはじめたのだ。

「むむむ、ううう、おへのは！」

「何かおっしゃいましたか？」とアダム。

「おへのは！　おへのはをはえへ！」

モプシーははねまわり、絹の旗幟のような尻尾を気ちがいみたいにふりたてていた。

「うまいことやったねえ！　あいふのはをはえふな！　ざまあみろだ！」

「おことばがききとりかねますが」アダムはいう。

「ああは、ううう、ふふふ」フスメールはうめき、自分の口を指さした。

「ああ、そのことですか？」とアダム、「あのお嬢さんがひょっとして助けてくれるかもしれませんよ。ジェイン、その帽子のなかを調べてくれ」

ジェインはいわれた通りにし、とたんにわっと歓声をあげた。何と、くしゃくしゃの帽子の底に、まっしろな義歯の上下一組がおさまっていたのだ。

「ありました！」ジェインはさけんだ、「ヒグルディ＝ピグルディ＝パラバルー！」

フスメールはいまや歯抜けどころか、怒りにむらさきいろになって、あわあわ叫びたてるばかりであった。「おへのは、おへのは！」

「さあ、旦那さまに歯をお返ししてくれ、ジェイン」アダムが命じた。

ジェインはすすみでて、しとやかに市会書記のまえに帽子をさしだし、書記は書記で怒り狂いながらその中から入歯を摑みだすと、あんぐりわが口におさめた。

「うううう！」彼はうなるように、「いったいどうやったんだ、おれにゃわからんかったが？」

「魔術でございます。何だったらもうひとつお目にかけましょうか？」アダムがすすめる。

「あの髪の毛も本物じゃなさそうだし」モプシーが口をはさんだ、「やろうよ、やってくれよ」

「しいっ」アダムはささやき声で、「そいつはやばいと思うよ」

でぶの書記殿は、お腹立ちぶりもさることながら、同時にひどく動顚《どうてん》もしていたのであって、たしかなはなし、この上の危険に心がまえるゆとりなどとうてい持合せていなかったからだ。市会の面々にも、おつむの方はかつらだと勘づかれていたろうが、しかし入歯のことだけは誰にも秘めておきたかった。いまのいま起ったことの話がもしも弘《ひろ》まったなら、これはいい笑いの種にされるにちがいなかった。フスメールとしては何とかして面子を保つ必要があった。

「退れ！」彼は声をあらげたが、アダムはといえばもともと彼の手のとどくところになんぞ居やしなかったのだ、「なるほど、どういう筋合のものかわかった。最近登場してきた新手のスリの一種で、見物を舞台の上に招んで時計や紙入れや札や財布や宝石の類なんぞ、身につけたものをすりとるってやつだな」そういうと、アダムをにらみつけながらなりつけるように、「よし、約束は約束だ。おれも男だからな」フスメールはさらさらと署名捺印をすませた。「そら！　これで受験オーケーにしてやったぞ。その犬も道具立てに要るんなら、そいつの許可も出さにゃならん。だがいっとくが、合格だけはあきらめとけよ。わかったな——へへ、おれも審査員のひとりだから」

このとき公会堂の時計が十時を打った。フスメールは立ち上った。

「受付終りだ。おまえが最後だった。じゃあ、ついてこい」シルクハットをかぶりながら、彼はアダムとジェインを促して事務所から出、先に立って二階につづく広い階段をのぼって行った。

6　無二無双ニニアン

アダムとジェインとモプシーが会議室に入ったのは、いましも予選の最終舞台がはじまろうとするときで、彼らはとりあえず手近かの空椅子二つに腰をおろした。舞台の三方には、老若とりまぜ三十人ほどの魔術師たちが小道具と愛らしい助手を従え、緊張したようすで控えており、これが明晩の決選出場のために八つの席を争っているわけであった。部屋のぐっと奥まったところに、大きな長テーブルをまえにして、審査員たちが陣取っていた。椅子席はこの側にもあって、招待客や有名魔術師やその夫人らが居並んでいた。

市会議室自体は芸事の上演にはおよそ不似合の凶々《まがまが》しい場所で、どこの市庁舎にもあるようなだだっぴろい、飾りつけのない天井までぶちぬきの部屋であり、高い窓からは外光がいやというほど注ぎこんで、漆喰《しっくい》の白壁と、暗い背景から威圧するように浮ぶ過去代々のこの町の市長たちの肖像とをてらしだしていた。

床は石張で絨毯も敷いてないので、歩くたびに足音はおそろしくひびくし、声は不愉快なこだまをともなって、演技のスムースな進行のさまたげともなるのだった。だからこそこの場所が選ばれたのだ。このどぎつい、やさしさに欠けた雰囲気のなかで、背景や書割《かきわり》や、フットライトやスポットライトや調光器や、ドラムやムード音楽といったものたちの援《たす》けもなしに審査員たちの関心をひきつけ、手練のほどを完全に発揮できるような志願者ならば、たしかに優秀の折紙付きであろうことにまちがいなかった。

審査員のうちにひとり、ちょうどテーブルの中央にあたり、左右に居並ぶ十三人の他のメンバーよりはやや高い席にのっている男があった。おかげで、さらでだに大男なのが、ますます仲間にのしかかるふうに見えていたし、黒リボンでむすんだ金縁の眼鏡を鼻の上にのせたところはいかにも重々しい司法官の風情であった。

「あれがうちのパパ、偉大なるロベールよ」ジェインがアダムにささやいた、「そしてそのうしろにすわってるのが、兄さんのピーター」

「兄さんも審査員かい」アダムはきいた。

「まさか、まだまだよ」とジェイン、「でも父さんはいつもお伴させるの。ね、ばかみたいな顔してるでしょ？」

父親に生き写しのピーターは、魔術師統領の息子であることの意義を十分わきまえており、父のやんわりした慇懃《いんぎん》な物腰をまねようとつとめながら、かならずしも成功してはいなかった。

「ほかのやつらはだれ?」アダムはたずねた。

ジェインは端から指折りかぞえあげて、ささやいていった。

「いいこと、はじめの支那人風のがワン・フー。ほんとの支那人じゃなくって、そんなふりしてるだけよ。でもおかしなひとで、見てるとわらっちゃうわ。それから、その次が瞠目のダンテっていうの。煙草の芸がすばらしくうまいの。あれはいいひとだわね。あのおかしな赤い帽子をかむったちびさんが、アブドゥル・ハミド。エジプト人で、見てるとぞっとしちゃう。生きた蛇を使うんですもの。その次がラジャ・パンジャブ、これもインド人とは名ばかり」

「だれだい、あのシルクハットをあみだにかむって、ちょっと藪睨《やぶにら》みの小男は?」じつはこの室に入ったとたんから、アダムはその男の横柄なようすと、終始せせら笑っているような顔付きが気になってしかたなかったのだ。男の口髭はワクスでぴんと塗りかためてはあるものの、傷んだ歯ブラシみたいにばさばさになっていた。

「ぼくもあいつに目をつけてたんだ」モプシーがささやいた。

「しぃっ!」ジェインが制した、「あれが全能マルヴォリオだわ。あいつはパパを憎んでるし、パパもあいつは虫が好かないの。それから、マルヴォリオのとなりにいる、おかしな眉毛をしたのっぽ。あの悪魔みたいな様子のが、自称、凶々し屋メフィスト。あれもおなじくらいわるいやつね。いつもマルヴォリオをたすけてパパを困らせてる」

「それから、端っこのよぼよぼじいさんは? あのひとはよさそうだが」

「そうよ、あのひとはいいの」ジェインもうなずいた、「あれがアレクサンダー教授。魔術師の最長老で、よろずにつけ誰より物知りなの。うちにくるときは、いつもあたしにおみやげを持ってきてくださる。それから、その横がゼルボね。あれはいや。あのひと、いつもあたしをいじめるもの」

ジェインはこうしてのこりの審査員たちをも、一々名ざしにしては論評を加えていった。不可思議屋フラスカティはお化けや骸骨を幻出してみせるので、ジェインは悪い夢で苦しめられるのだけれど、その点をのぞけばたいへんいいひとであった。抜群のボルディーニ、これはカードの名人で、手がきれいで長いのがご自慢であった。素晴し屋サラディン、この男の専門はコインで、かつはまたマジェイア随一の魔術のトリックや道具の発明家として知られていた。そして、さいごに十三番目にあらわれて空席をみたしたのが例の法外屋フスメールであったことは、申すまでもない。

じっさいこれは侮るべからざるグループであって、一人一人がいずれも舞台魔術のありとあらゆる分野の第一人者なのであった。彼らは事実、見るべきほどのことはすべて見通していたし、目のつけどころも心得ていて、手品の助けに用いるからくり仕掛のごく些細なミスでも、演ずる側のとちりやあやしげなしぐさでも、たちどころに嗅付けられるものと観念しておくべきであった。個々人としても集団としても、とうてい一筋縄ではあざむき終せるしろものではなかったろう。

市会書記はすでに氏名を記した書類の束を受取っていて、いよいよ呼出しにかかった。

「志願者第一番、仰天斎フリッポ」

小道具を山としょいこんだ候補者とその助手が、どっこいしょとばかり立ちあがり、フロアの中央に進みでると、そこでスタンドやテーブルやボールやバケツや輪や管や箱や小型キャビネットなど、おびただしい道具類をならべたてて何やらひどく手のこんだことを一所懸命やりはじめたが、あまりにややこしすぎるために、審査員たちはまもなくあくびをはじめ、見る気をなくしてしまった。

ジェインが全能マルヴォリオだとおしえた魔術師は、メフィストの方に身をかがめ、みんなにきこえよがしにささやいた。

「ありゃフリッポよりもムリッポと改名した方がましだわな」そのささやきはもちろん、

フロアの中央にいるあわれな魔術師をいっそう苛立たせ、前にもましてへまをやらせることになった。

「陳腐なことも陳腐だ」モプシーがいった。

「はて、さて、どうしよう！　ぼくのもとても駄目とはわかってる。何かほかの手をやってみられたらなあ」

右隣からこんな声がして、アダムはようやくその声の主の方をかえりみた。

相手は腰かけているものの、立上ればさぞやのっぽであろうことはあきらかであった。そのうえ落胆と意気消沈をそれこそ画にかいたようなふぜいであった。

顔は馬づらで、やせていた。まんなかから分けた髪が頭の両側にしょぼしょぼと垂れさがり、黒い口髭もおなじようにしょぼくれている。黒っぽい眼は柔和ではあるが、悲しげで憂いをおびていて、顔つき全体が憂鬱と不安と絶望のごたまぜとでもいった感じであった。

服装にもそのムードが反映していた。むかしはさぞ上等だったにちがいない上下揃いのそのスーツは羊羹色に色あせ、少くとも二回りは大型のサイズのものらしかった。カラーはだぶだぶだったし、袖丈もほとんど指先まで届いていた。

彼は背筋をぴんとして椅子にすわり、肱を左右に張っていたが、アダムがさらに近づいてよく見ると、その両手には小さな鳥籠が一つ、たなごころのあいだにかかえこまれているのだった。

籠の中にはオレンジ色のカナリヤが一羽、止まり木のぶらんこをゆらゆらさせていたが、それがやおら首をもたげ、アダムをべつにうれしくもないといった目でながめながら、口ばしをひらき、「チイッ」と一声、気の滅入るような叫びをあげた。

「アルバートはこの手品が嫌いなんだ」相手はアダムの視線に気づいて、小声でいった、「かといって、叱りとばすわけにもいかないし」

「そうか、きみのするのはどんなこと？」アダムもおなじように、そっとたずねた。

「この鳥を消してみせるのさ。少くとも消そうとしてみせるのさ」

「そりゃ思いつきだな。籠のなかから、みんなの見てるまえでか？」

相手の悲しげな顔が、一瞬明るくかがやいた。

「どういたしましてだ。籠ぐるみ消してしまうのさ。疾《と》くとく失せよ、ほう！　消えました！　ってんだ。つまり、うまく行けばね」

「じゃあ、どうしてだめなことがある？」

「なぜって、下手するとひっかかってしまうところが山ほどあるんでね、わかるだろ」相手はものしずかに説明した、「この鳥籠がまずほんものの籠じゃない。針金何本かをリボンでまとめて、そんなふうに見せかけてるだけさ。本に出てたとおりにして自分で作ったんだ。それが右袖から出ている紐にむすびつけてある。紐は右腕をのぼっていって、背中をまわって、反対側の左袖を下って、手首にむすびつけてあるわけさ。ほら見えるだろ、どう？」彼は心配そうにいって口をつぐんだ。

「ああ、見えるよ」モプシーがいった。

「ふん、モプシー、そりゃおまえが床にいるからだよ。ほかの連中にゃ見えないものが、おまえにゃいやってほど見えるんだ」

いいながらアダムは注意深くながめたが、紐は全然目につかず、正直にそういってやれてほっとした。

「そうだとわかれば、まことにありがたいよ」相手の魔術師はいった、「さて、出番になって、立ちあがって、お定まりの口上をいって、さいごの疾くとく失せよ、ほう！　までのべるだろ。それから左手でぐいとやって、紐をひっぱる。すると籠がこわれて右袖のなかに消えるってわけだ。ほら、よくそばで見りゃ、針金がごくゆるくゆわえてあるだけで、全体がぺしゃんこに畳まれてしまうのがわかるはずだよ」

「これでも魔術っていうのかねえ」とモプシー。

アダムはこの感想には知らんふりして、いった。

「アルバートはどうするんだ？　やっぱりぺしゃんこになるのかい？　鳥はどうなるんだね？」

「べつにぺちゃんことはきまってないさ。やっぱり袖のなかへもぐりこむがね。だからこの手品が気にくわんわけさ」

「それにしても、残酷じゃないのかな」アダムはたずねた。

「それほどでもないさ」魔術師はこたえた、「この鳥を使うような芸っていったら、これだけだし、それに、そんなに長く袖のなかにいるわけじゃない。拍手喝采が、まあ起ると仮定して、それが終ったらすぐさま舞台裏へとって返して、上衣をぬぐ。だからこそこうして大きめのを着て、こいつが窒息しないようにしてるんだが、そうして袖からこいつを救いだして、罌粟粒《けしつぶ》を少々、虐待のおわびとしてやって、二、三分のうちにはいつもの本当の鳥籠へ戻してやる、雨みたいにあっというまさ」

「そりゃあおもしろそうだと思うがなあ。きみはきっとうまくやってのけるよ。名前は何ていうんだ？」

「ニニアンさ」隣の男は答えた、「無二無双ニニアンだ、きみは？」

「アダム。で、こちらが助手のジェインに、ものいう犬のモプシーだ」

「光栄にぞんじます」ニニアンはいった、「ごめんなさい、このとおりのありさまで、握手もできなければ、わんちゃんの首をたたいてあげることもできないんでね……」彼は自分の苦境を示そうとして、いま一度両肱をゆすってみせた。

「そのムニムソウって、どういう意味なの、ニニアンさん？」ジェインがたずねた。

悲しげな顔をした魔術師はちょっとだまりこみ、それから答えた。

「ぼくもそんなに正確にわかってるわけじゃないんでね。ただ、ひびきがいいだろ、そう思いませんか？　無二無双ニニアンて。たぶん、ぼくがぼくっきりで、似たようなやつが一人もないっていうような意味になるんじゃないかな。それで、どうです、わりあいあってるとは思いませんか。だってぼくは世界一下手くその魔術師なんじゃないかと思ってびくびくしてるんだものね。稽古はさんざん積んでいるんだけれど、することなすことどうも裏目に出てしまうんだ」

「まあ、おかわいそうに、ニニアンさん」ジェインは同情をこめてささやいた、「あたしはそうは思いませんよ」

「ぼくがそう思ってるってわけです」とニニアン、「それにしても、なんてかわいらしいお嬢さんだろう。きみはしあわせだねえ、アダムくん、こんなほがらかな女房役をもって。どうだ、ぼくときたら助手さえ見つけられなかった」

「しかし、きみも、助手なしですませるってわけにはいかないだろ。規則にちゃんと入ってたんじゃなかった？」アダムがいった。

「特免ってわけさ」ニニアンは憂鬱そうにこたえた、「だれもぼくの相手になんぞなってくれやしない。女の子ってのは笑い者になるのを好まないからね。ぼくはほんとにびくびく者なんだから」

「よし、じゃあ今回はきみの成行きを見ないことにしよう」アダムはそういってやった。なにしろ、ニニアンのかかえこんでいるものをつぶさに見るにつけ、アダム自身、これが遠目には本ものの鳥籠に見えるとしても、じっさいは本人の説明したとおりのちゃちな代物であることをみとめないわけにいかなかったからだ。

「きみだってびっくりするよ」ニニアンはつづけた。「このまえやった時は、籠はこわれたけど、消えてなくならなかった。アルバートのやつ、怒ってねえ。気が狂ったみたいだったよ。魔術師動物保護協会では、無用の苦しみを与えたって、ぼくをとっちめるし、罰金を払わされた上に、試験もすべっちゃった。それからもう一度やったところが、今度は籠の天井だけ抜けちゃった。アルバートがとびだして、つかまえるのに半時間もかかったね。こいつ、来賓のお客さまの一人には挨拶状までお見舞申してくれたんだよ。それでまたもや罰金さ」そういうとニニアンは、沈みこんだようすでつけ加えた。「今日がさいごのチャンスなんだ」

「もう一ぺん志願できないのかい?」アダムがたずねた。

「できないんだ」ニニアンはこたえたが、その悲しげな眼がしらにおもむろに涙がわきだすのを、アダムとジェインは見てとった。

「予選で三回すべったら、もうだめなんだ。おまけにそれが公表されて、みんなにわかっちゃうんだ。ぼくはもう一生、自分の名前に、G・M・Mって肩書きはつけられないだろうよ。つまり魔術師名匠組合《ギルド》の略称さ。だいたい性懲りもなく三度もおなじことやってみようてのがばかげてるんだろうよ」

「そいつはたしかにそうのようだ」モプシーがいった。

「モプシー、口をつつしめ!」アダムが叱りつけた、「お気の毒に、このかたが困ってるのがわからないのか?」それからニニアンの方へ向きなおってたずねた、「何かわれわれに手伝ってあげられることでもあったら?」

ニニアンはびっくりしてアダムを見つめた、「手伝ってくれるって? どうして。だって、ぼくはたった一人っきりでフロアに出て行くんだよ。きみたちにできることなんて、どこにある?」

「あんたにできることなんてどこにある? ってききたいね」モプシーが口真似した。

「それよか、このひとのできないことなんてどこにある? っていってほしいよ、演技がはじまってからの話だけど」

アダムはそっといいきかせた、「モプシー、つけあがるな」

ジェインは声を高め、「アダムはね、フスメールさんの口から歯をなくしちゃって、あたしの持ってた帽子におさめちゃったの。それから正真正銘、ほんものの、匂いまでするバラの花をどこからともなく取りだして、あたしにくれたわ。少くともあたしには、どこからバラがあらわれたのか、どうしてもわからなかった」

ニニアンは、アダムとジェインとをしばしまじまじとみつめ、それからくりかえした。

「フスメールの歯だって？　それから、どこからともなくあらわれた、匂いまでするほんもののバラの花だって？」そして、その悲しげな笑い顔をジェインにむけてみせながら、「わかったよ、わかったよ」とはいったものの、ニニアンがこの話をどうせジェインの勝手な空想で、子供にはありがちなことだと決めてかかっているのは明らかであった。ニニアンはアダムにむかって、

「お申し出はありがとう、大いに感謝するよ。だけどごらんのとおり、すべては紐一本にかかってるんでね」

フロアではさきほどの魔術師が、ピストル一発と鈴の音とともに、箱がわれて、口ばしに封筒をくわえた鳩がとびたつといった趣向で、複雑な演技をようやくやり終えたところ

だった。

審査員たちは額をよせあつめあって、ひそひそと相談し、それから何事か紙に書きつけてフスメールにまとめてわたすと、フスメールはフスメールでしばし熟読ののち、鉛筆の尻でテーブルをたたいて注意を促した上で、さてきいきい声をはりあげた。

「フリッポ、落選！　審査員講評。動作、緩慢。演目、冗長。口上、くだらない。偉大なるロベール氏の令息によれば、鳩が箱に入れられるまえにちょっぴり見えたとのこと。マルヴォリオ氏によれば、手に輪をもっているのがわかったとのこと。またアレクサンダー教授のご意見では、封筒をくわえさせたのは陳腐きわまるとのこと。以上。次の候補者！」

「あのとおりだ、見たかい？」ニニアンは苦しげな声で、「いつだって、あんなぐあいなんだよ」

魔術師たちはあとからあとから、意地悪い顔をならべた審査員席のまえへくりだしていった。合格者はほとんどなかった。次から次へ、落選者の続出だった。

ついに、フスメールが呼びだした。

「次の志願者、無二無双ニニアン！」

「おおどうする、ぼくの番だ」ニニアンはいって、立ちあがった。やせこけた馬面は青ざめて、眉のあたりには大粒の冷汗がにじみでていた。アダムのまえにそそりたったニニアンのその膝が、がくがくふるえる音がききとれた。

「おおどうする」ニニアンはくりかえした、「ぼくを呼んでるんだね。何かへまをやらかすことになるぞ。落選確実だ、わかってる」

「そんなこと、あるもんか」アダムが断言した。

「ああ、お気の毒に、ニニアンさん！」ジェインが泣き声で、「どうぞうまく行きますように！」

ニニアンはフロアの中央によろよろと歩み出て、くだんの鳥籠をかかえ、ふるえながらつっ立った。籠の中ではアルバートが狂ったように跳ねまわっていた。

ジェインは茶色い眼を大きく見張って、アダムの顔を見上げた。そして、たずねた。

「ほんとに助けてやれるの？」

「やってみよう」アダムはいった。

7　モプシーの助太刀

ニニアンはその場にまかりでたものの、いうところの鳥籠をしっかりと持った両の手はぶるぶるふるえ、おかげでアルバートはますます恐慌ただならぬ状態にまきこまれて行くのだった。審査員一同の眼がいっせいにこちらにそそがれた。

偉大なるロベールは金縁の眼鏡をはずしてかるく拭きなおし、ふたたび鼻の上にのせると、ニニアンを見下して声をかけた。

「おう、またやってきたんだね。ようし、無二無双ニニアンさん、今度こそしっかりやってくださいよ」

ロベールの息子ピーターはくすくす笑いながら、「ふふ、ぼくだったら眼をつぶったってできるやつだ」

メフィストとよばれた魔術師は、眉毛を帽子の縁にかくれるほど大仰に吊りあげてみせながらさけんだ。

「これはこれは！　消えない鳥籠の再登場とはなあ！　大昔からある手ですなあ」

ジェインがいいひとだといった瞠目のダンテは、若くてきれいな男だったが、彼は彼で、

「まあ、はじめましょうや、彼にチャンスを与えてやろうじゃありませんか」

全能マルヴォリオは俗物のあつかましい小男で、さればこそ全能を自称する気にもなれたわけだが、彼は両手をポケットにつっこんで椅子の背にもたれ、シルクハットをぐっとあみだにずらしたまま、小さな口をおもむろにひらいて不愉快きわまるせりふを吐いた。

「誰に命令されて出てきたわけでもねえからなあ。これが三度目でさいごだぜ、ニニアン」

これらが打って一丸となって、あわれな手品師をますます舞台恐怖症におとしいれてゆき、ジェインもアダムもはらはらして見ていられない思いだった。なぜなら、ついいましがた知りあったばかりなのに、ニニアンという男が昔からの友人みたいな気がしてならず、彼のことをよくわかってやれたからだ。世の中にはニニアンとおなじように、希望と大志にみちあふれながら、いざその実現のための才能や技倆となるとお留守といった連中が大ぜいあるものなのだ。ただしニニアンとちがうところは、連中はそれを自覚したがらない。

アダムとジェインが心打たれたのは、ひとつにはニニアンが自分が魔術師に向いていないことをみとめながら、しかもやらずにはいられないという事実のせいでもあった。

「はじめて下さい！」偉大なるロベールの声がかかった。

しいっというささやきが会場を制し、並みいる志願者たちは、成功者も失敗者もふくめて身じろぎもしなくなった。さしせまる危機を予感して、ニニアンのためによかれと祈りながら息をつめていたのだ。

ニニアンは苦悶のまなざしを首席魔術師に投げると、ふるえ声でいいはじめた。

「ごごごらんのとおり、ここにごごございまするは、しょしょ正真正銘のとととりかごに、カカカナリヤがはいっておりまする。これに〝疾くとく失せよ、ほう〟と気合をかけまするると、とととりかごもカカカナリヤもたたたちどころに、くくくもをかすみとききえうせまする」

アダムの耳に、マルヴォリオが「そりゃそう思ってるだけだ、見込みちがいだ」とつぶやくのがきこえ、ダンテが「だまれ、マルヴォリオ！」というのがきこえた。

いよいよ大いなる瞬間が到来した。

「疾くとく失せよ、ほう！」ニニアンは荘重にいい、ばさっとひとつ大きく身振りした。左の手首どころか、腕も肩も、左半身全体がゆれ動いた。けれども、無念、疾くとくどころか、失せる気配にいたっては、確かな話これっぽっちもみとめられなかった。鳥籠とアルバートとは厳然としてニニアンの手中にあり、そのアルバートたるや、いまではばたばたぴぃぴぃ、死物狂いでののしりわめきあばれていたのだ。どこかで故障があったにちがいなかった。

ニニアンは奮闘していた。左腕をもう一度ぐいとやってみた。ゆすったり引っぱったりたぐったりした。しかし何事も起らなかった。

「失せよ！　失せよ！　失せよ！」不運な魔術師は泣かんばかりの声で、「おお、失せよ！　おねがいだ、せめて今度だけは！」

ジェインはアダムの腕をつかんでいた。

「ニニアン、かわいそうに」彼女はさけんだ、「アダム、何とかしてよ」

「助太刀がありゃいいんだ」アダムがいった、「モプシー、出ていって水をさしてやれ」

「おう、ようこそ、まってました！」モプシーは声をあげ、「遠慮は無用。みなさん、ご覧《ろう》じろ！」いうが早いかフロアの中央にとんでいって、苦闘するニニアンに程遠からぬところでぐるぐると尻尾を追いかけはじめたので、見物の目は当然のこと、いっせいにこちらにひきつけられた。

もともとこの動物はじっとしていたって尻尾と頭とを見分けるのがむずかしいほどなの

で、それがきりきり舞いをはじめたとあればその効果たるや絶大で、同時に神秘的でもあった。大かたの目には、あたかも羽根箒がふいに生命をふきこまれて狂いだしたもののように映ったのだ。

偉大なるロベールは、大きな顔にきょとんとした表情をたたえて見守っていた。彼はさけんだ。

「こりゃ、こりゃ、いったい何事です？　だれのです、このぼろ屑は？　だいたい何物です、こいつは？」

アダムは立ちあがって、いった。「申しわけありません、閣下、わたしのです。わたしの飼犬の、ものいう犬のモプシーでして」

「なるほど、それならこいつをそこから追出してください」ロベールは命じた、「だいたいこの場に犬などきてはならんはずですよ」

「すみません、閣下」そういうとアダムはモプシーに「モプシー、わるいやつめ、こっちへこい、早く！」

モプシーはもちろん命令を無視した、というのはこれも示し合せのうちだったからだ。彼はただちょっと方角をかえて、逆向きのきりきり舞いをはじめた。

「よし、そんならつかまえにいってやる」いいながらアダムは大股で部屋の中央に行き、モプシーをつまみあげた。ただし、そのためニニアンの目のまえを通りすぎ、したがってほんの一瞬審査員の視線をさえぎってやることになったのだ。

「いいか」アダムはおびえきったみじめなニニアンにさっと耳打ちした、「あんまりびっくりしたような顔をするなよ」

そしてもがきつづけるモプシーを腕に、渦巻く笑いのなかを引返してきて、ジェインのとなりにすわったが、そのジェインはといえば、口をぽかんとあけ、目を茶碗ほども大きく見ひらいて、たったいま起ったことを信じられぬ思いで見守っていた。

「あんまりびっくりしたような顔をするなよ！」とは、よくぞ言ってくれたものだ！　なぜならニニアン自身の目だって、まるでいまにも顔からとびだして落っこちそうなほどだったからだ。彼の手にはもはや、見せかけの鳥籠もヒステリックなアルバートもあとかたもなく、かわりに水をたたえた大きなしっかりしたガラス鉢があって、中では魚が泳ぎまわっているのであった。

鉢といいその内容といい、しかし尋常のものではなかった。魚は一匹が金の魚、次が銀の魚、三匹目が青い魚で、これはマジェイアの町を飾りたてている旗という旗にみられるとおり、この市の色ときめられた色だったのだ。鉢の回りにはこの三色のかわるがわる灯る照明がとりつけてあり、片端には青銀金のリボンが垂れさがっていた。

何といってもこれこそは、かつてこのマジェイアで見られた変幻手品のうちで最高の愛らしいものの一つであり、会場のぐるりにすわった他の魔術師たちは思わずどっとどよめいて賞めそやしたし、審査員からもたくさんの拍手やブラボーのささやきがおこった。

ニニアンは手がふるえ、一瞬この鉢を取落して水から魚からぶちまけてしまいそうで、こわくてしかたなかった。けれどもようやく自制して、いかにもこれがはじめから目論まれたことのような顔をするのに成功した。

ジェインはアダムの腕をつかんでささやいた。

「ああ、すてきだったわ！　それにしても、あれはあなたのしわざ？　あなたがニニアンに渡すところ、あたしにはわからなかったわ」

「しいっ」とアダム、「モプシーがやったんだろ」

「どういたしまして」モプシーはうれしそうに尻尾をふりたてていた。

「なるほど、なるほど」偉大なるロベールがいった、「いやすばらしかった！　そいつをここへ持ってきていただきましょう」

ニニアンは内心のおどろきを気取られぬように、死物狂いでつとめながら進んで行くと、かちりと快い硬質のひびきをたてて、首席魔術師の目のまえのテーブルの上にくだんのガラス鉢をおいた。

審査員たちは席からぐっとのりだし、あるいは中腰になったり伸びあがったりしてよく見ようとしたが、ロベールはロベールで鉢の脇をあちこち鉛筆でたたいてひびかせたり、水のなかに指をつっこみさえしたので、中の金銀青の魚たちはいっそうはやく泳ぎまわりはじめた。この鉢がガラスであり、水は水、魚は魚であることは疑いをいれなかった。照明も本物であり、金銀青のリボンは純絹であった。

偉大なるロベールは大勢のおもむくところを感じとり、風向によって臨機応変の処置をとることに長《た》けており、さればこそ政治家として成功をおさめもしていたのだ。彼は持ちまえのものやわらかな口ぶりでいいだした。

「ニニアン、このたびは立派にやりとげてみせたな。これが目のまえで起ったのでなかったなら、とてもほんとのこととは信じられなかったろうよ」

「ふむ、おれはちゃんと見ちゃいなかったがな」マルヴォリオが異論をとなえた、「あのひょろひょろ足のやつが、犬とかいうもののあとを追っかけて、あいだにわりこんだからな」

「そのとおりれす」総付《ふさ》帽子のエジプト人、アブドゥル・ハミドが口を出した。声も、態度も顔も、油っぽくぬらぬらした男だった。「あの男がわたしたんれしょう」

ジェインがいじわるだといった、無類のゼルボとよばれる男は、いかにもそんな感じの尊大な面構えで、ひどい寄目だったが、今度はこの男が口をはさんだ。「ニニアンひとりじゃ、こんなトリックは百万年かかったってやりとげられまいて」

「ふむふむ」偉大なるロベールは咳払いした。いまや形勢は一変してしまい、ロベールとしてはマルヴォリオが少々こわくなってきたのだ。ロベールはおもむろにたずねた。

「アレクサンダー教授、ご意見は？」

魔術師の最長老格アレクサンダー老教授は白髪頭をふるわせた。

「マルヴォリオもハミドもゼルボもつまらんことぬかしおるわい」断乎たる口調であった、「犬を連れた男が万一さくらだったとしても、当然許さるべきではないかの。あいつは手ぶらだったわ。マントでも着ておれば金魚鉢を隠し持てるが、それも着とらんかったし、また持っておったとしても、ニニアンにわたせるほど近くまでは一度も行かんかった。これはまったく別の方法でなされたことで、わしははっきり、いままでわれわれの見た手品でも最高のすばらしいもののひとつとみとめ、ニニアンに祝福を送る。ニニアンを合格させてはいかがかの」

アレクサンダー教授のいい分は、一々尤《もっと》もとうなずけることばかりだったので、室内には一しきり賛成のささやきがあふれ、審査員のあいだにも流れた。ただしマルヴォリオだけは例外で、

「ふむ、もう一ぺんやって見せてほしいものだ」とぼやいたが、いまでは誰も耳をかたむける者はなかった。

偉大なるロベールは当然のこと、もう一度すばやく方向転換をやってのけて、宣言した。

「わたしもアレクサンダー教授に賛成であります。ぴたり、わたしの思う通りをのべて下さいました。感動しかつ感嘆しつつ、心からなる祝福を送る」そこまでいうと今度は思い入れたっぷりに、「フスメール、ニニアン本選出場決定と書いてください」

それからニニアンが木苺みたいにまっかに頬をそめて、アダムのとなりの席へもどってくる間も、市会議室は他の審査員たちや並みいる魔術師たちの声高なささやきやひそひそ声でなおもにぎわった。すなわち生きているカナリヤの、それもいわずと知れたにせの鳥籠に入っていたのが、自分たちの目のまえでほんものの水鉢に化けたのであり、彼らはようやくおどろき呆れるとともに、この難題をどう解釈したものかと考えて頭をかかえこみはじめていたのだ。

いや、少くとも化けたようには見えた、というのは彼らのわすれていることに、あの決定的瞬間にあたり、一同はもしゃもしゃの小犬とその尻尾とのどちらがどちらともわからぬ追いかけっこのきりきり舞いに見とれていたのだった。だがそれにしても、いままでのところ金魚鉢をとりだすための手段といえば、ごく簡単な鉢にしたところで、だぶだぶのオリエント風衣裳の下からか補助袋付テーブルの中からか、その二つしかなく、ニニアンはそのどちらも用いなかったという事実は依然としてのこるのであった。明らかにこれは何か革命的な新方法であるにちがいなかった。

書記が次の志願者の名をよびあげ、フロアでその演技がはじまると、ニニアンはそっとアダムの方へ身をかがめてささやいた。

「きみだ。きみがやったんだ、そうだろ？」

「しいっ！」アダムがおさえた、「静かにしろ、何をいいだすんだ？」

「ぼくの演技をどう思った？」モプシーがたずねた、「どうだい、りっぱだったろ？」

ニニアンは、「わかってるんだ、きみだね、アダムくん。ぼくにできるわけがない。きみのことは一生わすれるもんか」そこまでいうと、にわかにあわてだした。「あっと、アルバート、あいつ、どうしたろう？」そして狂ったように袖の内側をさぐりはじめた。

アダムはニニアンの腕に手をかけてささやいた。

「いつもの鳥籠をおいたところに行ってみれば、きっとその中に舞い戻ってごちそうの罌《け》粟《し》粒《つぶ》をついばんでいると思うよ」

「ぼくからもよろしくいってやってくれよ」とモプシー、「このたびはうまく逃げられたねって」

ジェインがアダムを、ぐっとひきよせた。

「おねがいだから、どうやったのか教えて」彼女はささやいた、「ねえ、ねえ、ねえってば！　あなたが渡してやったんでないことはわかってるわ。だってあなた、持っちゃいなかったんですものね」

「魔術さ」アダムはこたえた、「そのほかに何がある？」

ふいに腹立ちと不満の涙が思わず眼にこみあげてきて、彼女はわめきたてた。

「ああ、教えてくれないなんて、あんたひどいひと！　あんたなんかきらい、きらい、きらい！」

近くの人びとがこの癇癪玉《かんしゃく》にびっくりしてふりかえり、こちらを眺めはじめたが、そこへちょうどフスメールのきいきい声がひときわ高くひびきわたった。

「次の志願者！　アダム――ただのアダム。すぐこちらへ。審査員方をお待たせしないように」

「ぼくたちの番だ」アダムはいいながら立ち上った、「さあおいで、ジェイン、モプシー」

8　ただのあたりまえの魔術

「ただのアダム」フスメールはくりかえし、それから仄《ほの》めかしというよりむしろあからさまな悪意のこもった声で、例の書類から「正直なる魔術」と読みあげたので、さっそくマルヴォリオが言いがかりをつけてきた。

「正直なる魔術とは！　それでは、われわれのすることが、不正直な魔術だとでもぬかす気かね？」

　偉大なるロベールは、自分の娘が助手用のいでたちで、異国風の服をきた旅人と手をたずさえてあらわれたのを見ると、驚いたのなんの、すんでのことに眼鏡を鼻先からおっことすところだったが、さいわい黒いリボンでゆわえつけてあったためにうまくとりとめた。

「ジェイン！」ロベールはどなりつけた、「いったいぜんたいどうして出てきた？　こんなところへやってきて、何するつもりだ？」

ジェインはふるえながら無言でつったっていた。

答えたのはアダムであった。

「閣下にお願いします、お嬢さんをゆるしてやってください。わたしが悪かったのです。マジェイアにまいりましたものの、助手が必要だということは、ひとに言われるまでぞんじませんでした。そこへたまたまお宅のかわいらしいお嬢さんと出会いまして、助けてくださいと頼みこんだのです」

「この子が助けるって？　あははは、そいつはよかった！」ピーターがいった。

偉大なるロベールは、たえず体面が気にかかるうえにお追従がまんざら嫌いでもなかったので、

「はは、かわいらしい娘ですと？　まったくそのとおりですが、しかしこの子は家に閉じこめておいたはずで、つまり、その、ははは、ちょっとした過ちを犯しましてな。はっは、躾《しつけ》ということがありますからな」

「お嬢さんは、自分がわるかったといっておられます」

「そうです、ぼくもこの耳でききました」モプシーが口をはさんだ。

「おききになりましたか」アダムが口添えした、「これがものいう犬のモプシーでして、

こいつもちゃんときいたんで、証人になると申しております」

審査会のお歴々はみんな中腰になって、テーブルごしにこちらをのぞきこんだ。ゼルボがいった。

「つまり、このもしゃもしゃの毛のなかに犬ころがいるというわけかね?」

「おねがいだ、アダム」モプシーがせがんだ、「こいつに一発とびかからせてくれよ」

「だめだ!」アダムはぴしゃりとはねつけた。

「そいつがほんとに、ジェインがわるかったといっているのをきいたんですか?」ロベールがモプシーを指さしながら、きいた。

「そのとおりです、閣下」

「もう一ぺんいわせてください」ロベールは命令した。

モプシーは、「こいつら、耳がいかれちまってるんじゃないか?」

「われわれの耳とはどうやらちがうらしい」アダムがこたえた。

「何をさっきからやってるんです」ロベールがせかした。

「この犬にもう一度いわせろとおっしゃったので、そういたしました。こいつのきいたところでは、ジェインは兄さんをひっかいてほんとにわるかった、もう二度とあんなことはしない、といったというんです」

「おそれならよろしかろう。今度だけはゆるしましょう」父親は鷹揚なところを見せ、「お仕置は終りだ」

息子のピーターが何事か父にささやきかけたので、ロベールは腰をかがめた。そして、ききおわるとまた身をおこしながら、

「ただしこの娘はあなたの助手には使えないんではないでしょうか。ごぞんじと思いますが、歳が足りません。規定にそうなってるんです」

「閣下、そこを何とか特別に取計らっていただけたらと思うんですが」アダムは懇願した、「他国者へのお情けというわけにはは？　じつはこの試験を受けたいばかりに、ストレーン山脈のむこうからはるばる旅をしてまいりました」

呆れたようなささやき声がひとしきり起った。なにしろそんなところから人がやってこようなんて、前代未聞にちがいなかったからだ。マルヴォリオにいたっては、いかにもきこえよがしに口走った。

「フスマールのやつの耄碌《もうろく》爺めが！　こんな男に欺されやがったなんて、いえた義理かよ」

けれどもジェインはしきりに訴えた。

「パパ、どうぞ、今度だけでいいからやらせてちょうだい。このひとには他にだれも助け

てくれるひとがいないんですもの」

アレクサンダー教授は議長ロベールの方へ身をよせてささやいた。

「本人がこの子でかまわぬというとるんなら、べつに差支えはなかろう？　要はこの男が何をやってみせるか、話はそれからだ」

審査員のなかから賛成の声がいくつかあがった。

偉大なるロベールはいま一度情勢分析をおこない、自分の権威を安泰ならしめんがために必要なことを見てとった。とりわけ、マルヴォリオの態度がそろそろ腹に据えかねてきたところでもあり、議長としてはメンバーの大半を味方につけられる自信があった。そこで、えへんと咳払いしていいだしたのだ。

「外国からはるばる訪れられました旅のお方が、われわれのお情けを乞うておられます。われらマジェイア市民が礼節を欠き、こうしたばあいの寛容さに欠けるなどと思われてはなりますまい。したがって、われらが都市の名とここにお集りのみなさんの名において、特例を設け、今回にかぎりうちの娘ジェインをこの方の助手として認めることにしたいと思うのですが」

この堂々たるスピーチには、あたたかい拍手もいくつか起った。モプシーは鼻をならしていった。「なるほど、さすがは偽善者殿、かっこいいことおっしゃいましたね！　うちの娘ジェインか！　気に入ったよ！」

　偉大なるロベールは、アダムの足もとにすわっているモプシーをするどい目で見下したが、総毛《ふきげ》のカーテンからのぞいているのは、わずかに鼻の頭と片眼だけであった。

「何事です。その物音は？」ロベールはたずねた。

　アダムはこたえて、「こんなに心のこもった誠意あふれる歓迎の辞ははじめてきいたそうで、心底から閣下に感謝いたしますとのこと。わたしとしてもおなじ思いですが」ぱちぱちと賛成の拍手がおこった。特筆すべきことに、並みいる人々はアダムがモプシーのいうこと、もしくはいったことをそのまま伝えているときめてかかっているらしかったが、しかし内情はこのとおりだったのだ。

　ピーターがわらいだした、「おきのどくでしたね、旅人さん。うちの妹ってやつは、何をやらせたって、あなたの手順を狂わせること請け合いなんですよ」

「いいでしょう」アダムは愛想よくいった、「ともかくこのチャンスを利用させていただけさえすれば、けっこうなんです」

「お兄さんだからって、ご迷惑をおかけするようなことはしませんよ」モプシーがつけ加えた。

　正直なところ、偉大なるロベールも息子とほぼ似たりよったりの考えかたでおり、まんざら気をわるくしていたわけでもなかった。選考試験中におこったこの異例の事態に処して、ロベールとしては恰好よいところを見せたとは思っていたが、それにしてもこの赤毛の若者には何となく彼の癇《かん》にさわるものがあったし、できるだけ早く厄介払いしてしまえたらと思っていたのだった。こんな服装でとくべつ目につくような道具も用意していないとすれば、この男、どうせ大した手品をやってのけるつもりはないにちがいなかった。

「それでは拝見しましょう」ロベールはいった、「いったい何を用意していらっしゃいましたかな？　おう、そうでした、その、正直な魔術とやらを見せてくださるんでした。さて、何がはじまるんでしょう？」

ジェインは小声で、「アダム、何をするつもりなの？　教えてくれなきゃ手伝いようがないじゃないの」

アダムのいうには、「しっ、ジェイン、いま考えてるとこなんだ。ぼくのいうとおりに動いてくれりゃいい」

モプシーも口をそえ、「そうなんだ、わからないのかい？　アダムは考えてるとこなんだよ」

事実、アダムは考えているところだったのだ。なにしろこの選り抜きの組合に仲間入りさせてもらうために、並みいる有能な魔術師たちをあっといわせるようなことといったらさて何があるか、そこが問題であった。彼は顎に手をかけ、うつむいてしばし思いをめぐらしていたが、するとふいにあの門衛の老人のいったことがよみがえってきた。——目新しいものの方がいいんだ。それから独創性だね、手のこんだことをするよりは。

アダムは頭をおこし、こう切り出した。

「これからお目にかけますのは、ごくあたりまえの魔術でして、簡単でばかばかしいとさえ思われるかもしれませんが、ただみなさま一度もごらんになったことはありますまい。どなたか、卵をひとつ貸してはいただけませんか？」

「ほう！」マルヴォリオが声をあげた。待ってましたとばかりとびついたのだったが、それというのもマルヴォリオとしては、まさに気質の問題としか考えられないのだが、この新参の若者がわけもなく嫌で嫌でたまらなかったのだ。「卵をひとから借りるんですかい？　自分では用意してこなかったってわけか？　そのくらいは準備してくるべきだったねえ」

メフィストにいわせるとこうだった。

「あんた、いやしくも魔術師のはしくれであるならば、卵のひとつぐらい口ん中からか空中からでもとりだして見せるべきだよ。そのぐらいだれでもできらあな」

アブドゥル・ハミドは持ちまえのぬらっとした笑いをうかべ、「ひゃひゃ！　卵をかしてほしいと！　ろうやら減点れすな」

偉大なるロベールはこうした意見にほぼ同感だったが、それでも自分の議長としての特権を無視して僭越にも差出がましい口をきいたマルヴォリオのやりかたが気にくわなかったことはもちろんである。しかしロベールがまだ何もいわぬうちに、アレクサンダー老教授がたずねた。

「この若いお方が卵を自分で用意してこないで、ひとさまから借りることにしたそのわけをきかせてはもらえんかの？」

「もちろんですとも」アダムはこたえた、「そのわけは、わたしとしてはその卵に指一本ふれたくなかったので」

「わしの思ったとおりじゃった」教授はいった、「マルヴォリオ、われわれの規則のなかに、術者はひとから品物を借りてもよいという一項がちゃんと含まれておるのを、あんたごぞんじじゃろうが。おたがいにしょっちゅうやってるじゃないか、どなたかお客さまのなかで、お手持の時計を貸してくださる方はございませんでしょうか、とか、お札を一枚とか、指輪をとか、のう。このお若いのにも当然その権利がおありじゃろうが」

審査員のうちでも比較的良識派の魔術師たちはうなずいて賛意を表していたが、あとの者はむっつり黙りこんだ。

すでに出番をすませた若い志願者のひとりがすすみでた。そして、「貸してさしあげられますよ。万一のときのために、いつも余分を持ち歩いてるんです」そういうとアダムに、ガラスの鉢に入れた何の変哲もない鳶色の卵をさしだした。

「ありがとうございます、ご親切、まことにおそれいります」アダムはそういったものの、鉢にも卵にも手をふれはしなかった。「じゃあジェイン、これを審査員の方々にお目にかけてもらいたいんだが」

「きっとおっことすぞ」ピーターがつぶやいた。

けれどもジェインはあやまらなかった。アダムの様子からただよってくる落着きにすっぽりつつまれて、ジェインはもはや自分のことを思いわずらう心配もなく、ただひたすら彼の指示通りに動こうとねがうだけでよかったのだ。彼女は卵の入った鉢をうけとり、それをテーブルの上においた。

「どうぞお確かめくださいまし」アダムは乞うた。

品物は手から手へとわたされて行った。

一同がそちらにかかりきっているひまに、モプシーがたずねた。

「どれをやるつもりだい？」

「おぼえてるだろ、簡単なやつさ」とアダム。

「あ、ハンプティ＝ダンプティかな？」

「その通り」

「やつらもこれで目をひらかれるだろうよ」

偉大なるロベールの声がした、「いいです、これは種も仕掛もない鉢で、またわれわれの見たかぎりでは卵にも種も仕掛もなかろうというのが、みんなの一致した意見です」

「それでは、お手数でも何か印をつけておいていただけますか？」アダムは乞うた。

「何ですって、どうすればいいんです？」

「サインでもなすっていただければ」アダムがほのめかした。

「へっ、させていただきますとも！」マルヴォリオが吐きすてるようにいった、「みずから墓穴を掘るってやつだ。おれにさせろよ」

マルヴォリオは卵を手にとり、「全能マルヴォリオ」と卵の長さいっぱいに書きなぐって、しかるのち腹心のメフィストにわたすと、こちらはこちらで「凶々し屋メフィスト」と反対側に書きつけた。

「それではジェイン」アダムがたのんだ、「よかったらテーブルのところへ行って、その卵をよく気をつけて等分に二つに割って鉢に入れ、殻を鉢の両側においてください」

ジェインはいわれた通りにした。卵がかしゃっと鉢に割りこまれると、まるい黄身のまわりを半透明の白身がとりまいて、これでだれの眼にもまさしく当りまえの卵であることが明らかになった。そして、二つの殻はその左右におかれた。

アダムはもともとテーブルからかなり離れたところにいたが、ここでさらに少々後へ大股でしりぞいたうえで口をひらき、「おみごとでした、ジェイン。では、今度はその卵をかきまぜようと思うんです。ほら、このフォークでもって、よく解きほぐしてください。お宅のお母さまがオムレツをつくるときになさるように」そういうと一本の銀色に輝くフォークをさっとほうってよこしたのを、ジェインはあやまたず、あでやかに受けとめてみせた。

この頃までには全員がひとしく事の成行に心奪われてしまい、いったいどこからこのフォークがあらわれたのかについて、聞き糺したり驚嘆したりする者さえなかった。ジェインですらそうであった。

広大な市会議室は水を打ったように静まり、ただかちかちとフォークの鉢にあたる音だけになったが、そのなかでジェインは黙々としてひたすら卵をあわだてつづけ、黄身と白身がほどよい淡黄色の泡雪になるまでにまぜあわせた。

「うまいものだ」アダムがいった、「きっとたいした料理上手なんだろうな」

「このざまだ」マルヴォリオが口をはさんだ、「これじゃどっちの手品かわからん、おまえか、それともこの娘か？」

「まあ見てりゃわかるさ」モプシーがうなった。

「二人いっしょにやってるんです」アダムはおちつきはらって答えた、「しかしここらで選手交代させてもらいましょう。ジェイン、すまないがそのフォークをちょっと貸してください」

アダムはテーブルに近より、ジェインの手からフォークをうけとると、静かにゆっくりと卵をもとに戻しはじめた。少くともそういうことになるものらしかった。なにしろジェインはかきまぜ泡立てたものを、どうやらアダムは逆にかきわけ泡消しているようだったのだ。泡は失せ、淡黄はふたたび濃くなってもとの黄身にまとまり、とろっとした白身の中央におさまった。

アダムはフォークをおき、さきほどの二つの殻を両手に一つずつ持った。

「ジェイン、おねがいだから、よく気をつけて、卵の中身をもとのところに流し入れてください。ほら、そうっとね。うまいうまい！」

ジェインはあわてずさわがず、ガラス鉢を傾けると、中の卵を二つの殻にすべりこませたのだった。

「おまじないをとなえて」アダムが命じた。

「ヒグルディ＝ピグルディ＝パラバルー！」ジェインはさけんだ。

白身の飛沫ひとつとばさず、アダムはぴしゃり二つの殻を元通り合せ、卵をひょいとつまみあげてみせて、それからテーブルの上においた。完璧なもとの姿であった。ひびはもちろん、つぎ目ひとつなく、これがいったん割られたことの跡方すらとどめなかった。メフィストとマルヴォリオのサインまでそのままだった。

「ははは」モプシーがわらった、「みなさんお気に召しましたかね？　こんなの簡単さ。そのつもりになりゃあ、この男は、いったんオムレツにしてからだって、もとの卵にして見せるだろうよ」

9　ハンプティ＝ダンプティもとに戻る

会場を領した静けさはしばし破れなかった。審査席では委員たちがそれこそ目玉のとびだしそうな面持で、テーブルの上の卵を見つめつづけていたが、まるでこれが生きて動いて嚙みつきはしないかとおそれてでもいるみたいだった。

ややあってようやく偉大なるロベールが卵を手にとり、くるくると回してみたあげくにさけんだ。

「こんなことがあるもんか！」

「ははは！」モプシーがわらった、「ハンプティ＝ダンプティもそうでした。ひとつおきかせしましょうか？　ハンプティ＝ダンプティへいにのり……」

「おい、やめとけ」とアダムが制したのを、ロベールがききとがめた。

「何です？　何を二人でやりあってるんです？　よけいな真似はやめてください！」

「こいつはただ、ハンプティ＝ダンプティを唄おうとしただけなんです。閣下。だからわたしがやめろといってやったんです」

「おや、彼はやめなきゃならんのですか？」偉大なるロベールはいぶかしげに、「どうして、何でまたこれとハンプティ＝ダンプティが関係あるんだ。わたしはぜひ知りたいよ」

「そんならジェイン、ひとつ暗誦してみてくれないかな？」

ジェインはくすくすわらいをこらえ、手をくみ、目をとじて、ふしをつけて唄いはじめた。

ハンプティ＝ダンプティへいにのり
ハンプティ＝ダンプティすってんころん
王さまの馬や兵隊が
総がかりでもそれっきり
ハンプティ＝ダンプティ戻りゃせぬ

審査員のお歴々の大半は狐につままれたような、ぽかんとした面持だった。ゼルボが口をきり、「いったいぜんたいそれとこれとどうつながるのか、てんでわからん」

ジェインは、いまこそはればれと笑いくずれながらさけんだ。

「どうして。ハンプティ゠ダンプティって卵のことじゃないの、もちろん！　そんなこと、誰だって知ってるわ。いったん落っこちてわれたら、王さまの馬や兵隊が総がかりでも、それっきりハンプティをもとに戻すことはできなかったのよ。だれが卵をもとに戻せるもんです……」と、そこまでいいかけてジェインはにわかに口をつぐみ、ふっと笑いやんで、アダムをふしぎそうにながめやった。

魔術師たちはいずれもアダムを見守りながら、さまざまな感銘や思念や動揺の胸にうずまく思いであった。何といってもアダムは卵をもとどおりに復元した。これは厳然たる事実だったのだ。「ちょっとよく見せてもらえないか」マルヴォリオはいいながら卵をとりあげ、ポケットから時計職人用の拡大眼鏡をとりだすと、瞼にはめこんで、仔細に殻を点検していった。とりわけ自分の名をサインしたあたりを細微にわたって調べていたが、それからやにわに卵をテーブルの角に打ちつけたかと思うと、中身をふたたびさっと鉢に割り入れた。誰ひとり止めるひまもなかった。

さっきとすこしも変ってはいなかった。白身のただなかに黄身がぽっかり浮かんでいた。驚きおびえた表情がマルヴォリオの顔をかすめたところを見ると、どうやらてっきりこの若者が何かいかさまをやらかしたか、替玉を隠し持っていて使ったかしたものと思いこんでいたらしい。にもかかわらず、これはもとの卵であり、まごうかたない本物の卵だったのだ。小柄な魔術師の眼にようやくこすっからい卑しげな色がまじった。

「もう一度やって見せてくれ」マルヴォリオはいった。

「自分でもう一度やって見せてごらんよ」モプシーが怒った。

マルヴォリオはつづけて、「あんた、それほどすごい魔術師なんだから、いまの演技をくりかえして見せることぐらい簡単じゃないかね」

「あら、いけないわ、だめ！　どうぞやらせないで！」ふいにこう叫びだしたのはジェインであったが、なぜそうしたのか、自分でもよくはわからなかった。ただ何となくこわかったのだが、しかし、何がこわいのかさえ、わかってはいなかった。彼女としては、ただ何だかおかしな煩わしいことが持ちあがった、いや現にいまも起りつつあると思っただけだった。何かこうこの雰囲気には、新しい友人の身の上をおびやかすようなものが感じられるのだった。

偉大な早わざ手品師の娘として、ジェインは自分がすばらしい奇術の実演に一役お手伝いしたのであり、その蔭には莫大な量の下準備があったにちがいないと信じていた。たとえばあのフォークにしても、いまにして思い出せばどこかにアダムがあらかじめ隠し持っていたにきまっているし、替玉の卵だっておなじことだった。ただしそれがあの二人の審査員のサイン入りだったとは、どんな手を用いたものか、ジェインには想像も及ばなかった。

しかし、である。万一これが現に見たとおり、ほんとのことだったとすれば、アダムはきっとこのおどろくべき手品を二度目にやってのけるだけの仕掛など持っているはずはないし、したがって失敗するにちがいなかった。ジェインは彼が辱めをうけるのを見るにしのびなかった。おまけに、あの連中は不公平なのだった。

アダムはしかし、にこやかにほほえみながらうなずくばかりだった。

「いや、みなさんがおのぞみとあれば……」

「ならぬ!」テーブルをごつんと叩く音とともにすさまじい一喝がとんで、おかげで助手役のお嬢さん方のうちには悲鳴をあげた者もあり、ほとんどの者が六インチほども椅子からとびあがるしまつだった。

「ならぬといっておるのだ!」声の主はアレクサンダー老教授で、いいながら地団駄をふみ、テーブルをたたきつづけているのだった。

「みなの者、何としたことだ?」教授はどなりつけた、「マルヴォリオ、何たる恥知らずだ! あんた、おなじ手品をもう一度やってくれと頼んではいけない、という規則ぐらい、誰よりよく心得ているはずじゃろう。いや、あんたはたったいまわしが小僧っ子のときから見た手品のうちでも最高のもののひとつを目撃したんじゃよ。それなのに、名人を認めるどころか、拍手ひとつするでなく唖みたいにむっつりしとる。わしは断然、ブラボーをさけぶぞ！」そういうと、アダムの方にぱちぱちと拍手を送った。

この意見は、魔術師たちの仲間うちでも最高の長老であり賢人であるそのひとのものだけに、一同はこの場にできあがってしまっていた緊張とひそかな狼狽からほっとすくわれて、部屋中いっせいにわれるような拍手がおこった。「お見事！」「すばらしい！」「でかしたぞ！」などという讃嘆の声も乱れとんだ。もちろんこれは、まことに巧妙に仕組まれた手品にすぎず、いまやアレクサンダー教授がすすんでお墨付きをたまわったからには、一同もそんなことはとっくに承知ずみだと自らにいいきかせたまでであった。

とはいうものの、魔術師たちは心底で、傍目にはそれとわからぬながらこんな思いを味わわされていたのだ。コレガモシ、手品デナカッタトシタラドウスル？　コレガモシ、コチラノ錯覚ニモトヅイタ目ニモトマラヌ早ワザデハナクテ、掛値ナシノホントノ魔術ダッタトシタラドウスル？

アレクサンダー教授はまだ引下らなかった。「ただのアダム氏を本選に進出させるよう、わしは推薦するよ。もひとつ、ここなマルヴォリオめがあの卵をぶっこわしておくれでなかったら、ぜひともあれを博物館に保存しておくよう勧告するつもりじゃった」

これに対してかなりの拍手喝采がおこり、審査員たちもマルヴォリオ以外はこれに和した。

いまや偉大なるロベールも、いつもながらの悠揚せまらぬ物腰で、やさしく愛想よいほほえみをうわべにたたえながら立上った。ロベールとしてはマルヴォリオが大嫌いで、恐れてもいたのだが、にもかかわらずアダムがあの手品をふたたびくりかえせるかどうか見届けたくて、彼があの挑戦をぜひ受けいれてくれればよいと死ぬほど願っていたのだ。けれどもアレクサンダー教授の猛反対に接するやいなや、ロベールはすみやかに豹変し、心中すでに他の計画を着々と練りはじめていた。

「ただのアダム、前へ」

アダムはうやうやしく帽子を脱ぎながら進み出た。

モプシーがいった、「ふきだすんじゃないよ」

アダムはしっと制し、「このわからずやのちんころ！」

偉大なるロベールはいともおごそかに宣言した。

「ただのアダム殿、ようこそマジェイアへお越しくださいました。あなたは予選を通過されました。明晩とりおこなわれるわが偉大なる組合加入のための本選にあなたをお迎えすることができて、至極欣快《きんかい》にぞんじます。フスメール、ちゃんと記録してくれたかな？」

「はい、いたしました」

「ありがとうございます、閣下」アダムはこたえ、それからつづけて、「ジェインにこのまま助手をお願いしてもよろしゅうございましょうか？」

偉大なるロベールはちょっと考えこむようなふりをしたが、内心よろこんでいたのだ。こうしてアダムが、ロベールの頭の中で形づくられつつある筋書どおりに、直接こちらの勢力範囲内にいてくれるならば、ひょっとしてロベールはアダムのおどろくべき手品の秘密をみずから嗅ぎだすこともできるかもしれないからだった。だからロベールは賛成した。

「そんなこと、もちろんじゃありませんか。あの娘はあんなによくやってみせてくれましたからな。ひきつづきお役に立てればわたしも大よろこびです。ついでに申しあげるのも何ですが、ひとつマジェイアにご滞在中は、わたしどものところをお宿にお使い下さいませんか。家内もわたしも、あなたをわが家にお迎えできればどんなにうれしいでしょう」

モプシーのささやきがアダムの耳に入った、「こんなしたたか爺いのいうことなんか信じないぞ。何かたくらみがあるにちがいないさ。ホテルに行っちゃいけないかね？」

「モプシー、そんなこと不可能だよ！」

「なにかおっしゃいましたか？」ロベールがきいた。

「この犬が、自分もごいっしょさせていただいてかまわないのかと申しております」

「そんなこと、きまってるじゃありませんか。われわれとしても、こんな賢い動物にきてもらえれば光栄ですし、何よりわがジェインが彼のことをいたくお気に召しているようですからね」

さて、アダムと市長とのやりとりに満座の目はそそがれて、誰ひとり気づく者もなかったが、そのひまにマルヴォリオはメフィストの方にかがみこんでそっと耳打ちしていた。

「いまは何くわぬ顔してろよ、だがいやな事態になってきたものだ。このままではおれたちひどい目に会わされるぞ。審査会が終ったら地下室で会おうや。ハミドにゼルボにフスメールに、そのほか誰でも来たいやつはこい。ただし、まちがってもロベールのおいぼれの耳には入れるなよ」

メフィストはこれに対し、うんうんと首をふってうなずいた。

統領ロベールの声がしていた。

「よろしい、それでは先をつづけましょう。あとの予定は何だったたね？」

「もう一人だけのこっております、閣下」フスメールがそういって、名前をよびあげた。

代って登場したのは若い魔術師で、カードをさばき、きれいな単純な手品をやってみせた。しかし、正直なところ人々はまださきほどの出来事の興奮がさめやらぬまま、内心の不安からほっと救われた思いだったので、男はあっさりパスして本選にすすむことになり、審査会はサンドイッチと冷たい飲物のサービスでひとまず終了ということになった。志願者たちがどっとおしよせてきて、アダムとジェインをかこみ祝いをのべたが、中には審査員や来賓も何人かまじっていた。モプシーはジェインに抱かれていた。

会合中は息づまる興奮の連続だったので、人々はいまようやく未知のものの突然の脅威からすくわれた思いだったが、ともあれ自分たちの見たものはおそらくこちらの思っている以上に斬新なものなのかもしれず、早くも三々五々よりかたまって、いったいアダムがどうやってあのような放れわざをやってのけたのかについて、議論をはじめていた。なにしろマジェイアに住む魔術師の大方は、いずれも誇り高き廉潔《れんけつ》の士で、仲間や隣人の秘術を盗もうなどとは夢にも思わないにちがいなかったが、しかし、その秘密を自分で工夫して発見するか、さもなくばそれとそっくり同じことをやってのけるかしたのならば、すこしもかまわないのであった。その暁には、自分の技のなかにそれを採入れることが合法的にみとめられていた。こんなわけで、魔術師たちはこの新参者のやりかたを間近で観察したいものと心からのぞんでいたのだ。

実のところ、かなりの者たちは、市長の偉大なるロベールがアダムを自分の手中にさらっていって自分たちの眼の届かぬようにしたことについて、いささか腹立ちをおぼえていた。あれではあの旅人がすすんで芸を披露するような機会はつねにあるわけであり、そうなればロベールが一人占めということになるのだった。

一方、メフィストはメフィストで、こっそり立回りながら、耳をかしてくれそうな相手をつかまえてはささやいていた。

「一時間したら地下室にあつまれ。マルヴォリオは死活の問題だといってるんだ。身のためを思ったら、顔出ししといた方がいいぞ」

マルヴォリオのよこしまな心中で、ロベール打倒の新しい目論見ができあがりつつあった。マルヴォリオは、アレクサンダー教授があの卵のトリックについていったことに全然満足していなかった。あの他国者は見かけこそあたりまえの、マジェイアによくあらわれる放浪の徒弟みたいだが、ひょっとするとはるかに大物かもしれず、その点に気づいているのは、どうやらマルヴォリオ自身だけらしかった。だからもしこのことを証明して全マジェイアに危機を予報してやれれば、マルヴォリオはたちまち偉大なるロベールに代り、全魔術師の統領と組合の議長の地位にのしあがることができるのだった。

会衆の中にじつはあと二人、アダムのしでかしてくれたことにひどく不満で心中不安に苛まれている者があった。一人はフスメールであった。フスメールとしてはどう考えてみても、自分の入歯が口の中からとびだして十メートルほども離れたアダムの帽子の中におさまったものか、その理由の説明がつかなかったからだ。

もう一人は、いわずと知れたニニアンで、アダムに対してはいまでも大いに感謝してはいるものの、自分が予選を通過した過程が全然気に入らなかったのだ。なにしろ明日の晩、自分がよびだされて演ずる番になったらいったいどうなるかを思うと、ニニアンはいまからぞっとする思いだった。鳥籠を金魚鉢に変えるなんてことを繰返せるはずがないし、あれが自分だけでできたことでないことはいやというほどわかっていた。しかし自分がやったのでないとすれば、アダムがやったにちがいなかった。そして、もしアダムのしわざだとすれば、どのような手を用いたのか？　この事件全体をどう考えればよいのか？

これまでニニアンのことなど頭から無視してかかっていた大ロベールが、いきなりつかつかと近づいてきて、彼の肩に手をかけ、快活にしゃべりだしたときも、ニニアンの憂鬱はすこしも霽《は》れなかった。

「きみもきっと今晩食事にきて、われわれの仲間に加わってくれるだろうね。今日見せてもらったすばらしい秘技の数々について、みんなで静かにゆっくり話し合おうじゃないか。さあ、さあ、ニニアン、遠慮するんじゃないよ。家内もきみが来てくれたらさぞ喜ぶだろう。席はたっぷりあるし、では、八時に。そのままでお越しくだされればよい」

10　マジェイアの恐慌

「ちぇっ！　全然性にあわねえとこだなあ」しゃべっているのはモプシーであった、「ここから出られたらなあ。この家どうも気味がわるいんだ。それから、手品師連中にしてもさ、ぼくたちここへきてから一度だって、ほんとのりっぱな芸にお目にかからせてもらっちゃいない。紙の造花だの、トランプだの、袖に仕掛けた銭隠しだの、玉っころだの、極彩色のハンカチだの、帽子から兎をひっぱり出すやつだの！　あんなものでも魔術といえるのかね？　そもそも、あんなとこに兎を飼っとくなんて、とんだお門違いさ」

「モプシー、そんな口のききかたをするもんじゃない」アダムがいましめた、「あのひとたちだって、地上最高の魔術師として、世界中いたるところで愛され、うやまわれてるんだよ」

「ふん」モプシーはてんで意に介せずに、「こっちが餓鬼だとしたって、マルヴォリオやメフィストみたいなやつを見たら、ぞっとして寿命がちぢんじまっただろうよ。ジェインがいってたねえ、あのハミド・何とかかんとかっていうぬらりくらりしたやつ、あれに会うと思わず慄《ふる》えちゃうって」

「さあ、いいからモプシー、こっちへきて、いい子にしててくれよ」アダムがいった、「連中だって、ねっからの悪ってわけじゃない。あれも芝居のうちで、なるべく神秘的に見せかけてお客さんを興奮させようとしてるだけさ。たとえばあの二人、支那人の服装したのと印度人の恰好してるのだって、すべて役者根性ってわけだ」

この会話のおこなわれている場所は、アダムにと定められた浴室で、これがまたただの浴室と思ったら大違いだった。ふつうの設備の他に、おびただしい押ボタンのならんだ万能椅子が具わっていて、洗顔、手洗、歯磨、整髪、髭剃、乳液、白粉、ヘアトニック、マニキュア、マッサージ、などなど、何でもまにあうのだった。

偉大なるロベールの邸宅は、外観こそ古めかしく、破風《はふ》や木組みや張出窓つきのスタイルだったが、中はまぎれもない魔術師の家で、何から何まで電気仕掛だった。必要なものは何でも、スイッチひとつひねる手間だけで、たちどころにとびだしてきた。

「ごらんよ、すばらしいと思わないか？」アダムがいった、「こういうのをほんものの魔法っていうんだ」

アダムは半ダースほどものボタンを押し、レバーをひいて、すわりこんだ。たちまちのうちに、爪ブラシがアダムの指先にたまった旅の垢をごしごしと洗い出し、回転歯ブラシが歯をみがきたて、剃刀が髭をそり、顔には乳液、頭にはトニックが瓶からふりそそがれた。櫛とブラシが頭髪をさっぱりととのえ、腕が出てきて顔に白粉をうち、バイブレーターが頸と肩をマッサージしてくれた。

さきほど市長ロベールはアダムとモプシーを家中案内し、さまざまな機械仕掛の驚異の設備を得意満面で披露してみせてくれた。たとえば書斎では、棚からわざわざ本を取出す必要はなかった。ただその本の番号をダイヤルしさえすれば、指示器が章へページへと動き、本がおのずから声たてて内容を読みあげてくれるのだった。

壁にかかったいかめしい肖像画は、こちらがわらえばにっこりほほえみかえしてくれた。「幼なかりし日の夢の実現ですよ」ロベールはいったものだ。「ご興味がおありでしたら、のちほど種仕掛をお目にかけましょう」

こうして何もかもアダムに種明ししてしまうのは、ロベールとしてはつらくてやりきれないことではあったが、これもこの外人の秘密を嗅ぎだすための、もとより下心あってのことなのだった。

「うちの魔法キッチンは発声仕掛付でして」ロベールは説明した、「あの通り、ふつうの電動皮剝器や切刻み器のうえに、もひとつ、終始手をつかわずにすむんです。オーヴンからの報告をおきかせしましょうか」

ロベールが傍らの小さなスイッチを押すと、さっそくこんな声がかえってきた。「ここではすべてうまくいっております。焼肉はむらなくこんがり色づいています。あとほぼ一時間で仕上りましょう」

「うちの魔法ベッドの寝心地は上々ですよ」寝室を見せながらロベールはいったものだ。「わたし自身の発明もまじっています。これをぱちんとやると、天井から手が下りてきて、眠気がでるまで背中をさすってくれます。こっちは枕叩きの役目でして、枕を叩いてくれ、また眠っているうちに枕を裏返してひんやりした側にしてくれるんです。これは毛布戻し器、夜中に毛布がずり落ちてしまったときのため。それからこれは敷布延し器、寝相がわるくてさんざんあばれて敷布を足もとにくしゃくしゃにしてしまうかたのためです。目覚しは人間の声ですよ、もちろん。仕掛けておきましょう。『いいですか、お時間ですよ』っていうんですが、ダイヤルが四種類ありまして、ほんのささやき声のと、もすこし大きいのと、きっぱりいいわたすやつと、いらいらしてどなりつけるのとです」

このあいだ中、モプシーはあとについてきて、かってなことをつぶやきながらはねまわり、いかがわしげにそこら中くんくんやっていたかと思うと、壁や戸棚から不意に物がとびだしてきたり、客間の椅子の肱掛から忽然と飲物があらわれたりするのをみては、きゃっと小さな悲鳴をあげるのだった。入浴をすませ、服を替え、浴室の椅子の奉仕をうけると、アダムはさっぱりしたきれいなすがたになり、いつでも晩餐に出られるようすでのんびりくつろいだ。彼はモプシーにいった。

「おまえの方はどうだい？　少々おめかししといたって、わるいことはないよ」

「何だって？　ぼくまであの機械にほうりこもうってのかい？　いや、けっこうけっこう！　まさかあんたに全身櫛けずったり、顔をちょいと洗ってもらったりしようとも思わないが、ああいう変てこな機械だけはまったく頭にきちゃうよ。家ってものは家らしくしててくれりゃいいんで、珍品ショウじゃこまるんだ。ホテルに泊りゃよかったなあ」

「そのとおり、ここはホテルじゃないんだ」アダムがいった、「おまえさんさえもすこし行儀よく礼儀正しくしててくれたら、ありがたいんだがねえ。とりわけ晩餐のときはそうしてくれよ。そもそも全魔術師の統領にして、マジェイア市長、兼魔術師名匠組合の議長さんからすすんでお宿の提供にあずかるなんて、たいした名誉なんだぞ」

「あのたぬき爺いめ！」モプシーがいい返した、「アダム、ほんとの話、あんたにはあいつの企みが見抜けないのかい。ああして家中ひっぱりまわして、何でも教えてくれたりして、どういうつもりかね?」

「ぼくにゃ、せいぜい親切な心づくしのおもてなしとしか思えない」

「は、は、は」モプシーはせせらわらいながら、「親切な心づくしのおもてなしだって! いいかい、あいつ、そのお返しにあんたの手品の秘密をじきじきに聞きだそうとして、いまかいまかと待ちかまえてるだけなんだぜ」

「いいじゃないか、それが何でわるい?」アダムがきき返した、「聞かれりゃ教えてやるさ」

「アダム、やめてください」モプシーはにわかに真剣な口調になって、後足で立ちあがると、前足を主人の膝にかけた。顔にかかっていた毛が左右に分れ、その下から、いかにもせつなげな気遣わしげな眼があらわれた。「なんだ、モプシー、おまえ、どうかしたのかい? 何故またやめろってんだ?」アダムがたずねる。

「わからない」とモプシー、「だけど何か、どっかでへんなことが起ってるんだよ。どうって、口ではいえないけれど、犬ってものは人間のわからないことでもわかっちまうことがよくあるんでね。まあ髭の先とか、尻尾の付根あたりなんかで感じとれるんだ。いまにして思えば卵の手品はやめときゃよかったんだ。あれからごたごたがはじまったんだから」

「ごたごただなんて、どこにある。モプシー。何もかもうまくいってるじゃないか」

「そんなら何でこんな感じがつきまとうんだろう?」

「モプシー、世話のやけるやつだなあ」アダムはためいきをついた。「おまえ、そう何もかも誰もかも疑ってかかるのだけはやめてくれよ」

アダムは時々、モプシーにことばを教えこんだのがはたして賢明なしわざであったかどうか、考えこんでしまうのだった。ふつう犬を飼っている人でも、お腹がすいたとか外へ出たいとか入りたいとかいうことのほかは、犬の感情や意見などてんでわかってやらないことが往々にしてあるものだ。ところがこのモプシーのばあいは、思うことを自分から表明できるようになったものだから、卒直に意見をぶつけてくるのであった。そのため事がややこしくなってしまうことが屡々《しばしば》だった。アダムは大声でいってやった。

「さあこい、元気を出すんだ。食事のまえに二人ですこし散歩して、いい空気でも吸ってこようや」

ついでながら、モプシーが尻尾の付根あたりといったのは、つまり犬たちに、うれしければ尻尾をやたらにばたばたさせるし、でなければ腹側にぺったり尾をひきつけて不機嫌にベッドの下へもぐりこませたりさせる、至極敏感な部分なのだが、彼のそこは何事かをたしかに感じとっていたのだ。

なぜなら、これとちょうど時を同じゅうして、全能マルヴォリオは、市庁舎の地下の、併設のマジェイア魔術博物館の隣にある一室のなかで、ひそかに集ってきた魔術師たちをまえに、しきりに熱弁をふるっているところだったのだ。

「きみたちにとって、これがいったいどういう意味をもつことか、わかるかね？」マルヴォリオはいっていた。「万一、ほんものの魔法使があらわれてみろ。そいつはちょっと手をふっただけでちゃんと手品になっちまうんだから、われわれが一生かかって練習したり科学の発明の力で成しとげたことも、とうていかなうわけがないとは思わんかね？」

答えはなかった。一同は無言のまま、目のまえをじっと見つめていた。あの旅人を見た人々の胸を横切った、かすかなしかし打消しがたい不安を、いまはじめて一人の男がはっきりと口にのぼせたのであって、なにしろその旅人たるや、ものいう犬を連れ、ストレーン山脈を越えてきたと自ら名乗り、いったんかきまぜた卵を逆にもとどおり復元して見せたのであった。

メフィスト、ゼルボ、アブドゥル・ハミドといったマルヴォリオの腹心や親友のほかに、勝目のありそうな側にしょっちゅうふらついている市会書記フスメールはともかくとして、ここにはあと数十人ほどの魔術師たちが集ってきており、いずれも審査員か来客としてあの予選会に居合せた人々であった。

マルヴォリオのいおうとしていることは、大方の良識ある穏健な魔術師たちにとっては滑稽にきこえたほどで、この人々は自分たちのやっているような魔術こそがこの地上で唯一正当のものと思いこんでいたのである。すなわち周到に前以って仕込まれた肉体的技巧や機械仕掛によって人々をあっといわせ、もしくはたのしませたりする手品。それしかないはずだったのだ。にもかかわらず――

この「にもかかわらず」ということばこれをマルヴォリオは事実この半時間ほどのうちに何度がなりたてたかしれないのだが、かりにほんのささやき程度であったにせよ、このことばによって心中に一瞬のうちにひらける未来の見通しは、おそろしいかぎりであった。もしも人間がほんとに女をつくりだせるような新時代がくれば、いったい誰がいまさら奇術の上演など見たいと思うだろう。たとえば象一ぴき、衆人環視の舞台の上から鏡か隠し戸とかいった複雑な装置や助人の力も借りずに、ほんとに消してしまえるということになれば?

予想はさらに次の段階に飛躍した。最悪の場合には魔術師一同、家族もろとも飯の喰い上げであろうし、どうなめてかかったところで、彼らの生涯かけた仕事はお先真暗なのだ。

「偉大なるロベールは大ばかだ、はっきりいわせてもらうぜ!」マルヴォリオがいっていた。「あいつはあのアレクサンダーのよぼよぼ先生のいうことを万事ご託宣のようにいただきやがってさ。いまあいつの頭にあることといえば、すべて自分のことだ、そしてあの卵のトリックを発見してわがものにしようってことだけだ。だからこそあの他国者を自分の家に招待したんだ。おれみたいにきみたち全員の運命など考えたりしてるものか。こっちはこのとおりマジェイアのためによかれと思ってるんだぞ」

ともあれアレクサンダー老教授の名前がここで持出されたことは、出席者の一部にかえって逆効果をおよぼし、抱きかけた悲観的な見通しを払いのけるのにあずかって力あったようだ。

「やあ、マルヴォリオ、ひとつきくがね」瞠目のダンテがさえぎった、「あんた、全然証拠を示してくれてないじゃないか、それじゃお客さんのうちでも程度の低いばかな連中とおなじことで、すばらしいショウを見たあとで、おれたちを超能力の持主だとほんきで思いこみ、死んだ祖母様に会わせてくれないかなどと頼みにくる手合みたいなものだ」

マルヴォリオは即座に臆面もなく言い放った。

「それじゃ証拠を見せたらどうする？」

ふたたび沈黙がながれた。

「あはぁ」マルヴォリオはあざけるように、「そら黙っちまった、そうじゃないか？　あんたがたの考えてることなんざ、よくわかってる。——おれの考えとぴったりさ」

ここでマルヴォリオは指先で自分の咽喉に横一文字をかいてみせたが、見紛うべくもないそのしぐさに多くの者はぞっとした。つかのまとはいえ、それは大方の人々の念頭に一度は去来した思いだったからだ。もちろん、彼らはそれを不可能かつ野蛮な考えとして、すみやかに斥けはした。みんながみんな首をちょんぎられるとか、そこまで行かずともまともな暮しのご身分から閉め出されるとか、日々のパンにも事欠くようになったりしたんでは、この世はとうてい住むにふさわしい場所ではなくなってしまうはずであった。

「おい、フスメール」マルヴォリオはかみついた、「おまえ、なんであいつを受付けた？おれあ奴の出願書をこの眼でたしかめてきたんだ。おまえは奴にもっともっと辛い点をくれてやることだってできたんだぞ」

フスメールはにわかにまっかになり、それからまっさおになった。

「そんなこと、おまえさんにゃ関係ない。答える気ぁないね」

「そうか、そうなのか？」マルヴォリオはおどかすように、「ようし、おまえも少しは身のためを考えといた方がよさそうだぞ。なにも冗談でこうして集まってもらったわけじゃねえ。来月にゃ選挙があるはずだし、そこでおれの身分でも変りゃ、おまえなんざお払い箱にしてやれるわ」

脂肪ばかりのフスメールの体には、土性骨《どしようぼね》なんぞあったものではなかった。

「いいます、いいます」フスメールは声をわななかせながら、「あ、あ、あいつ、や、や、やったんです。わしの口から、歯をぬすみやがって」

「え、どうやって？　どこで？　だれが？」

集った魔術師たちの全員から質問が雨あられと浴せかけられた。市会書記はいま一度、顔中まっかにしながら、打明けた、「そうなんで、はい、入歯だったんで」そして、アダムとの対面の席上おこったことを逐一のべたてたのだった。

「ちょっと見せてもらおうじゃないか」メフィストがいった。

「見せなきゃいけませんか？」フスメールは泣きそうな声でたずねた。

「見せるんだ、よこせ！」マルヴォリオが命令した。

小兵肥満の書記殿は、顔も上げられぬ思いで上下の入歯をとりはずした。

「そいで、おまえさん、何も感じなかったのか？」ゼルボがたずねた。

「はんひほ」

「オーケー、また嵌《は》めろ」マルヴォリオはいい、それから一座の者たちに、ためすように問いかけた。「どうだ、きみらのうちで誰かそんな芸当ができるか？」

「何、ひとの口から本人に気づかせないで入歯をぬきとるんだって？」メフィストがいう、

「気でも狂ったか？　そんなの、魔法だよ」

はからずも口からこぼれたこのことばは、この席上ではさながら火掻き棒でもとり落したときのように、ガンガラガンと鉄のひびきをたてて床にころがったみたいだった。

「どうだ、これ以上の証拠をお望みかね?」とマルヴォリオ。

抜群のボルディーニが立ちあがってのべた、「ああ、そうさね、おまえさん。おまえさんはただフスメールのいうことを利用しただけだし、フスメールがマジェイアきってのあてにならん奴だってことぐらい、誰でも知ってるんだ」

フスメールはいい返そうとしたが、そこへ素晴し屋サラディンがわって入った。

「その通りだ。おれだって、手軽に手品の実験がしたいとなりゃ、フスメールを使ったろうよ。やつはきっと麻薬の錠剤でもフスメールにのませといて、両顎をまんまとちょろまかしたんだと思うね。そのくらいおれだってやろうと思えばできたろうよ」

ボルディーニがふたたび、「まったくだ、あんた、もうちったあましな証拠を見せてくれなきゃあな、マルヴォリオ」

さあ今度はやぶにらみのちび魔術師の方が怒りに蒼ざめる番であった。いまやマジェイアの覇権を掌握し、アダムをだしに偉大なるロベールを葬り去ろうという、せっかくの彼の目論見がみすみすこわれかけているのだった。これではいくらアブドゥル・ハミドやメフィストやゼルボのような悪玉や道化や幇間を味方につけていたって十分ではない。それ以上に機敏な、頭の切れる連中をも掌握しなければならないのだ。マルヴォリオは脳味噌をふりしぼって、ようやくのことわめきだした。

「そうか、そう思ってるんだな。そりゃけっこうけっこう、だが、ニニアンのことはどう考える？」

「なるほど、なつかしきニニアンさんをどう思うかだって？」ワン・フーが問い返した、「あいつはついにやってのけた。それとこれとどう関係がある？」

「いや、マルヴォリオの方が正しい、おれあそう思うね」メフィストがさえぎった、「ニニアンが成功したなんてこと、いままで一度でもきいたためしがあるかね？」

「わたし、ちゃあんと見てました」ハミドがいった、「あんなこと、ニニアンさん、百万年に一遍らってれきゃしあせん。それともうひとつ、ありゃられにもれきるわけがないれしょ」

いまや理性の発言の沈黙させられる番であった。ハミドの言にまちがいないことは、ここにいる全員が魔術師としての経験から知りつくしているのであった。彼らの能力のかぎりでもできることとできないことがある。そして満場注目のなかでマントも仕掛テーブルもないところから金魚の泳ぐ鉢をとりだすなどということは、あきらかに後者に属していたのである。

マルヴォリオはすばやく主導権をとりもどした。「わかっただろう、おれのいわんとすることが」

「しかし、ニニアンにだけは、どうやってあれをやってのけたかわかってるんだろうな」

そういったのは不可思議屋フラスカティで、彼自身、見物をあっといわせる現出の名人だったが、それから声をひそめてこうつけ加えた。「でなけりゃ、はたしてニニアン自身がやったのかどうか」

マルヴォリオはこのことばにもとびついた。「ご明答！　ニニアンが問題だよ。どうだ、ここにニニアンをひっぱってきて、あいつの口から真相を吐かせたら、きみらおれのいうことを信用してくれるか？」

「そりゃ、ぜひそうすべきでしょうな」ラジャ・パンジャブとよばれた男が神妙な口ぶりでのべた。そして誰にも異論はなかった。

マルヴォリオは思わず声のはずむのを抑えかねた。これで勝利に近づいたという気がしていたのだ。生来冷酷なこの男は、偉大なるロベールの後釜におさまってただのアダムの亡骸《なきがら》を踏みにじるのにいささかのためらいも感じていなかったし、事実それこそが彼の狙いであったのだ。

「よし、よくわかった」マルヴォリオはいった、「それじゃ、今日はこれで散会としよう。明日の正午にまた集まろうや。ニニアンに出てくるように、おれが手配しとこう。あいつをおびえさせんように、ごく何気なくしてな。いったんここに連れてきちまえばいいんだ、あとはおれにまかせろ。もひとつ、このことをロベールの耳に入れたくないんだ。明日まで、いいか、一言もらすんじゃねえぞ」

とはいうものの、腹心のゼルボ、メフィスト、ハミドと、もひとりいまやいやでもこちら側につかざるをえなくなったフスメールの四人には、マルヴォリオは別の指示を与えたのだった。

マジェイアの市にひそかなささやきが流れはじめたのはこのためだった。なにしろ、このときまでには、今日の予選に居合せた人々の口から、席上旅の男のやってのけた説明不可能なおどろくべき手品について聞き及ばぬような者は、市中にほとんど一人もいないほどになっていたのだ。すでに市場でも青物屋でも卵が払底しはじめていた。魔術師たちが何とかあの技の秘密を探りだそうとして、買いこんでは次々に叩きわって行くからだった。

失敗につぐ失敗を重ねるうちに、魔術師たちはみな、知らず知らず忍びよるささやき声を受入れやすくなっていたらしく、噂は電光石火の勢いで流れていった。

「ありゃ手品なものか。マルヴォリオにいわせるとほんものの魔法使だとさ。それしか説明のしようがない。いいか、よく見てろ、そして、誰にもいうんじゃないぞ」という、このさいごの一言はきかずと知れた、「みんなに言いふらせよ」というのとおなじことであった。

11　モプシー晩餐会上の狼藉

ニニアンはいま、偉大なるロベールの邸にあって、この夜の晩餐会のいささかもったいぶった雰囲気に居心地わるそうにすわっていたが、これでもし、この午後市庁舎の地下で語られたことや、自分に迫りつつある企らみを知らされていたならば、そのそわそわぶりはさらに輪をかけて烈しくなっていたことだろう。

偉大なるロベールは公人としての面目を大いにほどこしつつあった。はったりのきいた、快活な、鷹揚なあるじであった。ロベールの息子ピーターはいかにも狡賢《ずるがし》こそうな顔つきですましていたが、一方ロベール夫人はからくも礼儀を保っているといったところであった。なぜなら夫人は客の旅人がはっきり嫌いだったし、それどころか女性の本能で、彼に少々惧《おそ》れをすら抱きかけていたのだ。おまけに主人は客人をわが家に招くのに彼女に前以て相談してもくれなかったのであり、これはいつも不機嫌の種になるのだった。夫人はまた、大の犬嫌いでもあった。彼女はもともとそれほど魅力のない女ではなかったが、ただし少々目が寄目すぎ、また口がおちょぼ口すぎて、その分だけ寛容に欠けるところがあったのだ。彼女は魔術師統領の夫人としての義務を忠実に果してはいた。

アダムはアダムで、助手であり友だちであるジェインが晩餐の席にまったく姿を見せないもので、おどろきあやしんでいた。

「疲れたんです。あまりに刺戟がありすぎましたからな。あいつはまだほんの子供です、ごぞんじの通り」偉大なるロベールは弁解した。「今朝のきみの演技のすばらしかったこと、ねえきみ、だがあの子には少々荷が勝ちすぎた。あんなことはやりつけてないんでね。頭が痛くなったそうで、母親も早目にベッドへ行かせた方がいいと思いましてね。いや、朝になればまたぴんしゃんしてることでしょうよ」

アダムはロベールのいうことを信じた。ジェインが感じやすい子だというのはまったく間違いなかったからだが、しかしモプシーはてんで本気にしようとせず、うなっていた。

「こいつはぜったい真に受けたらいかん。何か裏がありそうな気がするよ」

ニニアンがそわそわしているのは、いうまでもなく、いままでマジェイアでも下の方の無視された身分にあったものが、いきなり最高の上流社会にほうりこまれたためだった。

しかしそれ以上にびくびくしている理由は、おそらく例の金魚鉢の一件について説明させられるだろうと思っていたからだ。

客人たちがそれぞれにこうした個人的な思いに囚われているのでなかったら、彼らはたぶん偉大なるロベールが食事のために凝らした工夫の数々にたいし、もっともっと熱っぽい関心を示したはずである。卓上には縦に鉄道レールの模型が敷設されていて、各人の席のまえにはスイッチと停車場までそろっていた。このレールは台所まで引きこまれていて、小さな扉でぴったり閉め切られていたが、しかし用意が整うと扉はぱっと左右にひらいて、中から平たい車台にのった目もあやな盛付のご馳走の数々が、電気機関車にひかれてはこばれてくるのだった。汽車は客人ひとりひとりの前で停車しては、こちらが取り終えると次の席へとたのしげに進んで行った。テーブルの中央には小さな人工池があり、塩や胡椒や辛子やケチャップなどを積んだ小さなスワン型のボートが浮いていて、ボタンを押せばすうっと必要なひとのまえにやってきてくれた。泉からは紅白の葡萄酒や果汁や麦酒が四方にむかって吹きだすのだった。

豪勢な七面鳥のディナーのあとに、さいごにあらわれた列車には各種の香料入りアイスクリームだの、みずみずしい苺だのタルトだのクッキーだの胡椒菓子だのボンボンだの、すてきなデザートが満載されていた。コーヒーは、天井から銀色の気球がふわふわと下りてきて配ってくれた。

アダムはたぶん二階の薄暗くした部屋で頭痛に苦しんでいるであろうジェインのことを思い、せめてこのご馳走の一部がお盆にのって彼女のもとに運ばれてくれることをねがうばかりだった。ジェインの身にあまる緊張を知らず知らず強いていたことを思うと、自分が憎らしかった。のみならず、こうして彼女に会えないのがさびしくてたまらず、どうやら自分がふられたらしいと突拍子もないことを考えたりした。

偉大なるロベールは、非の打ちどころのない態度で、過去の魔術や魔術師たちについての蘊蓄《うんちく》をわかりやすく、かつおもしろおかしく披露してくれ、遠く魔術の発生時代にまでさかのぼっていって、手品師こそはいつの世にも最高の洗練された名優が魔術師の役を演じているにすぎないという常日頃の持論を述べたてた。

「魔術師というものは、もちろん歴史のはじまりから世にあったわけでしてね」ロベールは説いた、「僧侶になるような者、したがって並みの人よりは賢くて、仲間をからかってやるだけの能力があればいいんです。しかし、ごぞんじかな、アダム、魔術のトリックの最初の記録というのを？　ニニアン、きみは？」

二人は首を左右にふった。

「やあ、お二方、きみたちもうすこし聖書をよく読むべきですよ」とあるじ。

「知ってるよ、パパ。ぼく知ってる」ピーターが勢いこんで手をあげていった。

「なるほどよろしい、では、おまえにきかせてもらおう」偉大なるロベールは誇らしげにいった。

ピーターは待ってましたとばかり、「アロンがパロのもとでエジプトの魔術師らに証拠を示すくだり。出エジプト記七章の一〇、一一、一二節です」

「すなわちアロンはその杖を、パロとその家来たちの前に投げると、それはへびになった」ピーターは暗誦をつづけた、「……これらのエジプトの魔術師らもまた、その秘術をもって同じように行った。すなわち彼らは、おのおのその杖を投げたが、それらはへびになった。しかし、アロンの杖は彼らの杖を、のみつくした」

「いいトリックじゃありませんか、ねえ？」ロベールがいった、「いや、きみの卵の術ほどに凝ってるとはいえないが、しかしねえ、お返しとしては気が利いてますよ。この仕掛がどうなってたか、知りたくありませんか？」

「どうって、もちろん魔法だからでしょう」アダムはこたえた。

「ああ、そりゃ魔法は魔法、きみのいうとおりだ」とロベール。「しかし、どうやってどんな手をつかったんです？　物事には万事説明がつくはずでして。そうじゃありませんか、ねえきみ？」

アダムだけは、テーブルの下をつたわってくるモプシーのささやきをききつけていた。

「気をつけろよ、アダム」

アダムは答えなかった。そこで統領魔術師は、しばしためらったあげくに、するどいまなざしを客人に向けながら先をつづけた。

「アロンは抜目のない男だったが、その点はパロの魔術師らもおなじことでした。でなけりゃ宮廷でそのような職にありつけやしませんでしょうからね。とすればです、連中の杖というのはもともと生きたへびで、それを催眠術で棒みたいにこちこちにしてあったんですわ。この杖は、魔術師たちの指ですうっと一撫でされて地面にたたきつけられれば、呪縛がとけて好きなときに生き返らせることができた。で、もちろんアロンの方がエジプト人よりは気が利くし、一枚上手《うわて》だった。アロンは自分の杖のへびがいちばん大きくて、ほかのへびをのみこめることを、ちゃんと見てとったんですわ」

「すばらしい!」ニニアンがいった、「たいした推理ですねえ。ぼくなんか、一度だって物事をそんなふうに考えてみたこともない。もちろん、自分の杖がへびだったとして、それがもし催眠されてなかったらどうなるかぐらいのことはわかりますけどねえ。そしたら嚙みつかれるでしょうからねえ」

アダムはしかしアダムで半ば興醒めな思いをし、なんでまたロベールやその他もろもろの人々が、魔術の単純そのものの働きを理窟づけよう、もしくは解明しつくそうと躍起になるのだろう、とふしぎに思った。そこでいった。「どうしてまた、ただ杖がへびになったというだけじゃいけないんですか？　そんなくだくだしい理由はぬきにして？」

モプシーがささやく。「アダム、たのむから気をつけてくれよ！」

アダムはにっこりわらって、桃色のアイスクリームを一かけすくいとると、目立たぬようにテーブルの下に投げてよこした。

「ぼくのご機嫌なんか取ってるばあいじゃありませんよ！」モプシーは頭にきて、「せっかくみんなが災難にまきこまれないように注意してるのに」

事実、このとき偉大なるロベールはアダムに対して何ともいいようのない奇妙な顔つきをして見せたのであり、ロベール夫人もピーターもそこはご同様、どうやら互いに肱をつきあっているようだった。

ニニアンはといえば、わざと苺のタルトがのどにひっかかったようなふりをしてしきりに咳きこんでいた。

ロベールはしかし、そこのところをうまく取繕って、気を鎮めてからふたたびいいだした。

「そうです、そうです、そりゃもちろん、お説はよくわかります。たぶんほんものの杖だとしたらそう簡単にはいかなかったでしょうし、仕掛の如何はさておき、あらかじめかなりの細工がしてあったにちがいありませんからな。すぐれた魔術師ってものは万事に秀でているもので、「発明家としてもおなじことです。たとえばあなたやニニアンのように。そういえば、ニニアン、きみの出し物だが、あれはたしかにちょっとした発明で、あれできみは、われわれ一同が思っていたよりはるかに頭がいいことを証明してみせたね。それにずいぶん時間も食ったろう。たとえば大ハーマンとか、わたしがその名をいただいたロベール・ウーダンとかいったような人々だって、ひとつのトリックを満足のゆくまで練りあげ、人前でそれを演じてみせられるようになるまでには、時には何年がかりで実験室や工場にこもっていたというんだからね」

ロベールはここでごほん！　とひとつ咳払いして、それからつづけた。

「たとえば、アダム、今朝きみがみせてくれたあの卵の見事な手品なんかね。ありゃきっと、あの複雑な技をわがものにするまでに一年や二年はかかったにちがいないと思ってますよ。いや、きれいだった！　まず卵を鉢にわる、そいつをかきまぜる、それから逆にかきわける、そしてもとの殻にもどす――それ！　と、卵はまるで生みたてのままだ。いや、よかったら――えへん――ここでちょっと――はっは！　――種明しして見せてはいただけませんかねえ？　このとおり、ごく内々の者ばかりですよ、だれも口外しやしません。

わたしの発明だってさんざんお目にかけたことだし。どうです、きみ、いかがなものかね？」

「そんなこと、わかりきってるじゃありませんか」アダムはこたえかけて、何か鋭い歯のようなものが、ちくりとかかとに突刺さるのを感じた。

偉大なるロベール、およびその夫人と息子とは、一言もききのがすまいと身をのりだした。いままでどんな手段を以てしても手に入れられなかったその秘密を、この愚かな若者が自分からすすんで教えてくれるなんて、彼らは自分たちの幸運が信じられなかった。

「ただの魔法ですよ」アダムはいった、「ほんのありきたりのやつで」

テーブルをかこんだアダム以外の全員はがっかりして、空気が抜けた風船玉みたいにふうっと大きな溜息をもらした。ロベールがまず気をとり直した。彼は浮かない様子で笑いながら、

「はっ、はっ、はっ！　魔法ですか！　ありきたりの魔法ですか！　いや、そいつはよかった、よかった。わかりますよ、わたしだって。秘密は秘密ですからね。かしこい魔術師ならば当然そうすべきこと。けっして恨んだりしやしませんよ」

「しかし、いま申しあげたとおり……あいた！」

さっきはちくりと一本だったのが今度は八本になって、これではアダムのかかともたま

ったものではなかった。

「どうかなさいまして?」ロベール夫人がたずねた。

「いえ、いえ」とアダム。「ただちょっと、わたしの犬がケーキをもう一切れほしがってるようで。ほら、やるよ、くいしんぼだな!」

「けっこうけっこう」偉大なるロベールは少しずつ元気を取戻しながら、「たぶんこれからお馴染みが深まれば、あなたもいずれ腹蔵《ふくぞう》ないところを見せてくださるようになるでしょう。ところで、ニニアン、どうだ、全くの話が、きみとは長いお付合いだねえ。そうだなあ、わがニニアンくんよ」

のっぽの憂鬱そうな魔術師は、ふたたび冷汗がにじみだす思いだった。来るべき運命がいまからわかる、というより予想できるからだった。

「え、ええ、ほ、ほんとに、市長さん」

「あのきみの金魚鉢をつかってするすばらしい新機軸のトリックだがね。わたしの見たところでは、あれは鏡を使って工夫したんだろ。それとおそらく何か新手の隠し方との組合せで」

「いや、まさか、鏡なんてひとつも……」アダムは無邪気にもそういいかけたが、そこではたと口をつぐみ語尾を濁した、というのは、そうしないことにはモプシーにがっきと喰いつかれ、かかとの骨を失いかねなかったからだ。

けれども偉大なるロベールは聞きもらさず、いらいらしはじめたようすで、「ほう、鏡なんぞいらないとおっしゃる？　そんなら、なあニニアン、きみならおそらくわれわれにもその仕掛を教えられるだろうが。何といってもきみには世話をやかせられたからねえ。はっきりいって、きみなんぞとてもお呼びじゃなかったし、マジェイアでも長らくきみをもてあましていた。ほんとの話、わたしが頼んできみを追放から救ってやったことも幾度かあるんでね」

ふたたび沈黙があたりを領し、テーブルをかこむ人々はかたずをのんでまちかまえたが、あわれにも当のニニアンは紙のように蒼ざめて、アダムからロベールへ、それからロベール夫人へ、それからピーターへ、そしてふたたびもとのアダムへと、絶望的な目をさまよわせるばかりだった。

このときテーブルの下からくしゃみとも咳ともつかぬ、だれか窒息でもしかけたような只ならぬ悲鳴がきこえてきた。

一同はとびあがった。「これはこれは！　いったい何事です？」ロベールがさけんだ。

アダムはテーブルクロスをもちあげてみて、「おう、おまえか」そういうと、「モプシーのやつです。どうやら気分でも悪くなったらしいんで。やっぱりケーキをくわせすぎました」

「どうしましょう!」ロベール夫人がさけんで跳びあがりながら、「うちの大事な絨毯の上でですよ! 何とかして下さい!」

「いそいで、おもてに出しちまってくれ!」苦しげな喘ぎがひどくなるにつれ、市長もわめきだした。いまや全員が立ちあがって、ああのこうのさわぎだした。

アダムはかがみこんだ。

「大丈夫です、まだまにあいます。ちょっと外に出ましょう」そういうとアダムは、モプシーをつまみあげ、玄関からおもての通りへとびだした。そして溝の中へ犬をおろしてやったが、ここまでくればすみやかに喘ぎ声はとまった。というのは、もちろんモプシーはもともと気分なぞひとつも悪くはなかったからである。

モプシーはそれどころか、きゃんきゃんわらいころげながら、「きわどいところだったねえ! どうです、ぼくのお芝居は?」

「モプシー、何てことをしてくれたんだ!」アダムはおどしつけた。「取返しがつかないぞ。おまえは全員のご機嫌を損じたんだからね、ぼくもその一人だ」

「牽制作戦さ」モプシーがこたえた、「ニニアンが何をいいかけてたと思う? あいつ、あんたがニニアンを助けてやったことをばらしちまうとこだったんだぜ」

「これはしたり」とアダム。「そいつはてんで気がつかなかったなあ。おまえって、何てかしこいんだろう。お礼をいうよ！」

「あたりまえだよ。ありゃむずかしい場合だったからね。しかしそれにしても、これでせっかくの晩餐会をめちゃめちゃにしちまったようだな」

その通りだった。モプシーを腕に、アダムが部屋に戻ったときには、偉大なるロベールはいかにも気遣わしそうに、「わんちゃんはもうすっかりご本復ですか？」とたずね、夫人は夫人で上等の絨毯を汚さずにすませてくれたことを感謝して、かるく頰を叩きさえしてくれた。

どさくさにまぎれて、一同はニニアンに向けた質問のことをわすれてしまい、のっぽの魔術師はこれで窮境《きゅうきょう》から救われたわけであった。

一同はおやすみなさいをいいあい、それからまもなくアダムとモプシーは寝室に二人きりになって、マジェイア滞在の最初の夜をすごすべく支度をはじめた。

けれどもまだ休息にはほど遠かった。というのは、モプシーはベッドの足もとにうずくまり、アダムもようやく眠りにつこうとしたところで、二人は開け放した窓のあたりで何やらことことという、おかしな物音がするのに気がついたのだ。モプシーはうなりだし、アダムは起きあがってしらべにかかった。

あかるい月光に照らされ、窓枠のなかに黒々とうかびあがっているのは、どうやら小さなボール紙の円筒か、箱を半分にしたようなもので、それが上から糸でぶらさげられているのだった。アダムは手にとってみた。そして、どこから下ってきたのか見上げようとしたとき、ジェインのささやきがきこえてきた。

「私設電話よ。あたしが自分でつくったの。きくときは耳にあてて、しゃべるときは口にあててちょうだい」

アダムがいわれたとおりにすると、ジェインはしゃべりだした。

「こちらはジェイン。ちゃんときこえますか？　糸をぴんと張るようにしてね。さもないと用をなさないのよ」

「だいじょうぶ、きこえる」

「みんな、あたしのことを何ていってた？」

「疲れて頭痛をおこして、早目にベッドに入ったって」

「とんでもない！　また部屋へとじこめられちゃったのよ。お夕食も抜きでベッドへ追いやられて」

「ひどいなあ！」とアダム。

「何だって？」モプシーがたずねた、「ぼくにもきこえるかな？」

アダムは円筒をモプシーの耳にあててやった。「モプシーがきいてるよ」彼はいった。

「おお、モプシー、みじめったらありゃしないわ。何もたべさせてもらえなかったし、ピーターには痣《あざ》だらけになるほどつねられるし」

「アダム、おそろしい話だよ！」モプシーはさけんだ、「やつら、彼女を拷問して飢死させようとしてる」

アダムはふたたび送話器を手にとった。じつはこんなものなしでも、おたがいのささやきははっきりききとれたのだが、何となくこうした方がスリルがあったのだ。

「ジェイン」アダムは叫んだ、「わるかったなあ！　いったい何があったんだ？」

「あなたが卵のトリックをどうやってやったのか、みんなしてあたしに言わせようとして、だめだったわけよ。みんな、あたしが知ってるにちがいないっていうの。ふつう魔術師なら誰だって助手には教えとくものね。それで、みんなかんかんに腹立てて、おまえは夕食抜きだっていうことにされて、おまけにピーターがつねったり腕をねじったりしたわ。ね、おねがい、おねがいだからあたしに教えて！　朝になったらまた怒りだして、あたしは苦しめられるのよ」

「かわいそうに、ジェイン、みんなぼくのせいだ！　でももうびくびくすることはない。万事解決だ。ぼくがみなさんに種明ししたからね」

「もちろん、ぼくは思い止まらせようとしたのに、だよ」モプシーがわって入った。「さいわい、みんな本気にはしなかったけど」

「そんならあたしにも教えて、ほんとにそんなら」

「だってもう、きみにはわかってるだろ」アダムがいった。「あれもバラの花やフスメールの歯とまったくおんなじさ。魔法だ。ぼくがどうにかやってのけられることといえば、これきりさ。あんまり気のきいたわざじゃないが、それでも……」

アダムは突然、糸電話の筒がぐいとひっぱられ、自分の指からのがれてするすると上へ消えて行くのを知った。それから、ジェインの泣声がきこえてきた。

「ジェイン、どうしたんだ？　行かないでくれ」アダムはよびかけた。

ジェインは泣きじゃくっていた。「あんたが何よ、そのおんぼろ魔術が何よ！」つづいてアダムの声色をそっくり真似て、「ただの魔法でござい！　いいわ、あたしを助ける気はないのね。あしたはまたお仕置だわ」

アダムはいった、「ジェイン、たのむからやめてくれ！　そんなことはぜったいさせないって約束するよ」それからあらためて、「よかったら何か晩飯を都合しようか？　ちょっと待ってくれれば、きみの部屋にすぐ届けられるよ」

「いや、いや！　ほっといてちょうだい、もうけっこう！」ジェインはぴしゃりと窓を閉めてしまった。

「かわいそうだなあ」モプシーがいった、「だからぼくがいったじゃないか、あの狸おやじ、どうもあやしいって、それから頭痛もうそだって。さあ、これからどうする？」

「しいっ、ともかく眠るんだ」アダムはいった、「すこし考えてみることにするよ」

アダムは暗闇に横になり、長いこと考えごとにふけっていたが、そのまも、アダムの耳には二階のジェインの泣声がいつまでもきこえてくるのだった。

12 おかしなピクニック

けれどもその翌日は、万事がこの三人のまるきり予想もしなかったようなはこびになった。悶着や面倒はストップし、そのかわりにアダムとジェインとモプシーは、ロベール一家のお膳立てで、弁当をもって野原へピクニックに出かけることになったのだ。で、いましも正午、ピクニック用のバスケットをさげたジェインと、かたわらにはねまわるモプシーを従えたアダムとは、石畳の坂道を市門の方をさして下りはじめたところだった。とはいえ三人の間柄は、どうももとのようなぐあいには行かなかった。

ジェインは目をふせて、無言で足をはこんでいた。アダムは、きっと彼女は昨夜起ったことで、いまだにアダムに対して腹を立てているのだろうと思っていた。そしてジェインがどんな役目を仰せつかっているかとか、心中どんなに気重だろうかなどということは、ついぞ考えてみもしなかった。

　モプシーも、いつもよりは神妙にしていたが、ただ出かける段になってこんな意見をのべたのだ。

「このピクニックには、ちかって何かけったいなとこがあるとにらんだぞ」

「けったいって、おもしろいのかね？」アダムは問い糺したのだ。

「どういたしまして、いかがわしいことだよ」

　そういってから少したって、モプシーはそっとささやいた。

「だまっといてくれよ、じつはちょっとバスケットを嗅いでみたんだ。ぷーっだ！」

　そして、何が入っていると思うかというアダムの問いに対しては、こうこたえた、「何かひどいしろものだ、冷えた羊肉みたいなものと、いわしの、それもよっぽど古くなってるにちがいないやつと」

　町の終りに近く、とある角を曲ったところで彼らはニニアンとばったり出くわし、すんでのことに相手をつっころばしそうになった。なにしろのっぽの魔術師は足早に道を歩きながら、しょんぼり頭をたれていたのである。顔にはいつもながらのふさぎこんだ表情をうかべていた。

「こんちは、ニニアン、どこへ行くんだ？」アダムがいった、「ぼくらはピクニックに出かけるんだ。どうだい、いっしょにこないか?」

「ピクニックか!」ニニアンは声をあげ、悲しげな目を一瞬かがやかせた。「ピクニックって、すてきだろうなあ、ぼくはほとんど一度も行ったことがないけど」しかしそれきりあかるい表情は消えてしまったのだ。「でも、行けないんだ。マルヴォリオから知らせがあって、正午から連中のひらくある集りに出てこないかってことなんだ。いや、どうかあの連中が例の――わかるだろ、あのことについて質問したりしなけりゃいいんだが」いいながらニニアンは両手で鳥籠をかかえるような恰好をしてみせた。

「そんなの、簡単だ」モプシーがいった、「行かなきゃいい、そのかわりいっしょにくるんだ」

「モプシーのいうとおりだ」アダムがいった、「ほっとけよ、そしてこっちに仲間入りしろよ」

ジェインがアダムの袖をひっぱるので、アダムがそちらへかがみこむと、彼女はその耳もとに口をよせて、ささやいた。

「足りないわよ、アダム。ママがお弁当つくるとこ見ちゃったの。つめたい仔羊肉のサンドイッチがたった二切れに、いわしが一匹ずつに、固茹卵が一つに、しなびた虫食いりんごがほんの二つきり」

事実そうだった。ロベール夫人はかなりけちなところがあって、アダムのためにこれ以上ご馳走を浪費するつもりはさらさらなかったのだ。

「かまわないさ」アダムはこたえた、「あるものをみんなで頒《わ》けあえばいい。それでいいだろ、ニニアン？」

ニニアンはまだちょっぴりためらっていた。

「ピクニックにさそわれるなんてこと、ぼくにゃめったにないからなあ……」

「よし、じゃあきまったも同然じゃないか」アダムはいいながら、友人の腕をとってくるりとまわれ右させ、いまや四人となった一行がいよいよ歩きだした。

市門番の老人は青銅の大きな扉をあけて彼らを出してくれたが、ニニアンとアダムとが二人とも予選を通過して今夜の本選に出場するときいて、いかにもうれしそうだった。門を出ると一行はうねうねとした小道づたいに谷間へ下り、田舎道を目的地めざして歩きだした。

あかるいあたたかいよく晴れた日で、おかげで貧しいお弁当のことや自分に課せられた役目のことで気重なはずのジェインさえ、いつしか浮かれ心地にひきずりこまれ、ニニアンとならんで先頭をスキップですすんで行った。一方アダムとモプシーは殿《しんがり》を承わった。まことに、遠足には絶好の上天気だった。

アダムはしばらくのあいだ黙って歩きながら、樫の杖をかるくふりふり、ジェインの手にしたバスケットにじっと眼をこらしていた。

モプシーがたずねた。「お弁当に細工してるんだね？」

「そうなんだ、邪魔しないでくれ。精神集中してるところだから」

「ぼくにチキンをたのむよ」モプシーが注文をつけた、「それから、できればちょっとしたあまいもの」

「いまやってるとこだ」とアダム、「おまえもいい子だったからね」

やがてジェインは公道からそれて、いくつか森をぬけて高みへのぼる細道へ一行をみちびいていったが、のぼりきったところはちょうど丘の頂上にぽっかりひらけた平地で、眼の下にどこかのにぎやかな広々した農場をみわたすことができた。平地の左手には、びっしり生い茂った灌木の茂みを縫って、板囲いが走っていた。

「ここがパパのいちばんすてきだっていってたところよ」

ジェインはそういうと、いそいで回れ右してみんなに顔を見られないようにしたが、こうして裏切者の役を演じなければならぬことで彼女がどんなにみじめな思いをしているか、たちまちばれてしまいそうな気がしたのだった。

「すばらしい！　何ていい眺めだろう」アダムがいった。

たしかにいい眺めではあった。漆喰塗《しっくいぬり》の古びた農家は藁葺《わらぶき》屋根だったし、石造の納屋や離れ屋も幾世紀の風雪を物語っていた。下手の厩屋では、いくつかの仕切りから馬が頭をのぞかせたりしていたし、牧場では羊たちが、まだよちよち歩きの幼いふわふわした子羊を足もとにまつわらせていた。反対側の丘の斜面では緑の草原に牝牛が遊び、よく実った野菜畑があった。農家の庭の一方の端には豚小舎があって、たくさんの豚がぬくぬくと泥んこ遊びをしたり、柵の角に背中をこすりつけて掻いたりしていたし、また逆側の端には池が一つあり、丘から程遠からぬところで森から流れ出る小川がその池にそそいでいた。家鴨《あひる》や鵞鳥がそれぞれ雛をしたがえ、後にV字形の水泡をひろがらせながら、船のように水面をわたってゆく。牝雞《めんどり》のむれもいくつか、近くの泥の中をつつきまわっていた。

べつの草原には、褐色の母馬が子馬をつれていたが、子馬の方はまだ生まれてほんの数週しかたっていなくて、動きまわるのがうれしくてならないらしく、とんだりはねたり、草の中をころがったりしては、ふいに草の葉におびえて母馬のところへ逃げ帰って甘えたりしていた。

があがあさわぐ鵞鳥や家鴨、こつこつつつく牝雞、ぶうぶういう豚、もうとなく牛。それら農場のものどもの醸し出す、えもいわれぬ楽しげなざわめきがここまで立ち昇ってきた。遠くでは犬がほえ、馬がいななき、牝牛の鈴のちりんとなるやさしい音もしばしば入りまじった。

一同が青草のしとねに腰をおろしたかと思うと、モプシーがさっそくアダムを小突いてささやきかけた。

「しーっ、ちょっと話をきいていただけますかね?」

「どうぞ、何の用だい?」

「かまわなければ、こっそり打合せたいんだ。いまからちょっと、あそこの樫の木のところまでぶらっと行ってみて、偶然何かを見つけたようなふりをするからね」

モプシーはそう耳打ちしておいて、言葉どおりちょこちょこと出かけてゆき、三、四十メートルほど先の年古りた樫の大木の根方を掘り返しはじめた。

「何だい、モプシーのやつ、またいったい何をおっぱじめたんだろう?」アダムはわざときこえよがしにいい、それから「ちょっと行ってみてこよう」そういって歩みよった。

「うまいことやるじゃないか」モプシーがいった。「ね、すぐ見たりしちゃだめだよ、でもあのニニアンのうしろに、板囲いのちょうどあちら側に藪がいくつかあるだろ? あのこまかい黄色い花のさいてるやつさ」

「ああ」

「あそこなんだ、きみが坐りこむまえに、あのあたりを嗅いでたしかめといたんだが、あそこに彼がかくれてるんだよ」

「何だって？　だれがあんなとこにいるんだ？」

「あのいけすかないやつさ、兄貴のピーターだよ。あいつ、あの藪にひそんでる。ちかっていうが、ぼくらをスパイするために送りこまれたんだ。ほら、このピクニックはへんてこだと思うって、さっきいったじゃないか」

「まちがいないかい、モプシー？」

「いいかい、ぼくはあんたの魔術を信用してるんだぜ」モプシーはいささか機嫌を損ねた声でいった、「なぜ、ぼくの鼻を信じてくれない？　一度だって狂ったことはないぞ。あいつがいるのを嗅ぎつけたんだ。あいつ、耳のうしろを洗ってないね。それともあんた、ぼくがあいつをひきずり出してみせれば気がすむのかい？」

「いやけっこう」アダムはこたえた、「あとはこっちにまかせろ。ともかく、ご苦労さんだったね、モプシー！」

二人はつれだってぶらぶらと、ジェインとニニアンがバスケットを中にしてすわっている丘の頂上まで戻ってきた。

アダムは立ったままで、たずねた。

「ここはほんとにいい場所だと思うかい？」

「思うわ」とジェイン。

「いいとこだ」ニニアンもいった。

「ぼくとしちゃあんまり気分がでない、ってのは、こうスズメバチの巣に近くっちゃね」

「何？　どこに？」ニニアンもジェインもきゃっと声をあげた。

「きみのすぐわき、その板囲いのとこに」アダムが指さした。

「ひどい！」ニニアンはあわててとびあがりながら、「ここにすわったときは、たしか見当らなかったがなあ」

これは何もおどろくにあたらないことで、事実、いましがたまではなかったものだった。ジェインは二度も見直してあらためずにはいられなかった。

蜂の巣はしかし、たしかにそこにあった。巨大な灰色の球体から、いましも一ぴきの大きな蜂がぶんぶん唸りながら、あたりを偵察にあらわれたところだった。

「ここはやめようや」ニニアンが叫んだ、「こわくてしかたないよ」

「あそこの、樫の木の下がいい」アダムはいいながら大股にそちらへ歩いて行った。「ほら、すてきなところがある」そういうと、わざわざ杖の先をやわらかい芝草にぐいと突立てて示しながら、「バスケットをここへお置きよ、ジェイン」

木は何百年も経ったと思われる老樹で、その幹は、アダムとニニアンとジェインとが三人手をつないでもかかえきれないほどの太さだった。ここからもおなじ景色が見渡せたし、こんもりした緑の葉叢《はむら》があつい日ざしをさえぎって、こころよい日蔭をつくっていてくれた。モプシーは期待におののきながら問うた。

「もうすぐ？」

「しっ、いまにわかる」アダムが制した、「ついでにアリやジガバチも少々仕掛けといたよ」

長くは待たせなかった。一同がクローバーやバタカップや去年のどんぐりのあいだをわけて、地面にそれぞれの席をつくり腰をおろしたかと思うまもなく、囲いのあちらの茂みから絹をつんざくおそろしい悲鳴がたてつづけに起ったのだ。

「ううう！　おう！　おお！　わあ！　たすけて！」

つづいて、藪のあいだをやたらにばたばた頭をふりたてながら、暴れまわるものが見えた。

「何だい、いったいどうしたってんだろう？」ニニアンがきょとんとして、いった。

苦痛の叫びとともに、一つの人影が茂みからころげ出て、両手で頭や体をばたばたと狂ったように叩きつづけた。

「これはしたり。ロベールのとこのピーターじゃないか」ニニアンがいった、「あの藪にずっといたんだな」

「またとんでもないところにおいであそばしたもんだ」アダムがいった、「こっちの方がはるかに居心地いいし、安全でもあったわけだ」

モプシーは後足でお坐りをした姿勢で、前足でお腹をかかえこみ、泣かんばかりに笑いこけていた。

「ああ、アダム、ひとを笑い死にさせる気かよ、おかしくて死にそうだよ！」

なにしろピーターは頭にたかるスズメバチやジガバチをはらいのけるばかりではすまず、踵《かかと》や脛《すね》を大きな赤アリにかじられて、インディアン・ダンスそこのけの踊りを同時に演じさせられていたのだ。次の瞬間には彼は一目散に丘を駈け下っていったが、怒れる昆虫共は追跡をやめなかった。麓の池の端までくると、ピーターは遮二無二水中へとびこみ、もぐったまま池の長さを泳ぎきって、どろんこの濡れねずみになって向う岸にぽっかり姿をあらわした。そしてさらにまっすぐ歩きつづけて、ついに遠くへ消えてしまった。

一同はその後姿を見送った。モプシーはモプシーでひいひい笑いつづけていた。

アダムがつぶやいた。「おかしな子だなあ。しかし妹を打つのだけはゆるせないなあ」

ジェインはきこえなかったわけではないが、だまっていた、というのは、もっとほかに気がかりなことがいくつかあったからだ。ひとつ、たしかなことに、ピーターはもう父からいつかったように、スパイとして一行の会話を盗聴するわけにいかなくなったのであった。そして、ピーターがよりもよってスズメバチやジガバチやアリのむらがるあのようなばかな場所を隠れ場としてえらんだことについては、どうみてもジェインに責任があるはずはなかった。彼女自身は、お仕置をおそれるあまり、自分のいいつけられた場所に一同をひっぱって行ったまでであった。

しかしながらジェインのひどく狼狽させられたことに、誓っていえるが、一行がたどりついたときにはたしかに虫なぞいなかったはずなのだ。ジェインはそうばかな娘ではないし、田園に来ていざ腰をおろそうなどということになれば、都会育ちの常として、自分のすわろうとする場所をいやでも念入りにあらためずにはいられなかったのだった。

ジェインの落着かぬ心は、アダムがバスケットを指さしながらいいだしたときも、相変らずくすぶりつづけていた。

「ジェイン、テーブルクロスをひろげるんだ、ニニアンにはナプキンやナイフやフォークや食器を出してもらおう」

そういわれたって、ジェインの思い出せるのは、母親がパラフィン紙でくるんだ申しわけばかりの食物をテーブルクロスに包んでくれたことだけで、ナプキンやナイフなど、はたして添えてくれたかどうかも疑わしかった。入れてくれたかしらん、それともくれなかったかしらん？　ジェインはそう思いながら包みをとりだし、ダマスク織の大きなクロスをひろげにかかったが、それには花が刺繍してあって、こんなクロスがわが家にもともとあったかどうか、ジェインにはとんと思い出せなかった。お揃いのナプキンが出てきた。お皿も添えてあった。話がますますこんがらがってきたようだった。

「ジェイン、きみとモプシーとはあちら側にいっしょにおすわり」アダムが指図した。「さあ、ニニアン、ちょっとそのバスケットのなかに何が入ってるか、出してみてくれないか」

ニニアンはいわれるままにとり出しながら、いまはじめて屈託のない笑いを、持ちまえの憂鬱なその顔いっぱいにうかべた。

「やあ、こいつはいい！」ニニアンは叫んだ、「とびきり上等のごちそうじゃないか。きっとロベールの奥さんのお手製にちがいないぞ」そういうと彼は、バスケットの中から思わずつばのわいてくるようなおいしそうな食物を次々にとりだして、くばりはじめた。

燻製の鮭には薄切りのこんがり焼けたパンとバタが添えてあった。かりかりの仔牛肉とハムのパイのまんなかには固茹卵があしらってある。ソーセージが一山に、タンの薄切り、雛鳥の手羽にドラムスティック、甘ずっぱいピクルスを添えたロースト・ビーフの冷製、卵の肉詰めにレバー・パテのジェリー、揚ポテトがどっさりにあたたかいバタ・ロール。

何よりよかったのは、野菜っ気のないことで、セロリの茎とかサラダ菜とか、将来の健康のことを慮《おもんぱか》るとか体のためにいいからとかいった、おためごかしの全然見られないことだった。

「おお、アダム」ジェインは思わず声あげて拍手し、興奮のあまり、このバスケットにこれほど多くのものが詰めこめるはずがないことさえも、しばらくは忘れてしまった。「なんてすてきなの！　さっそくいただいてもいい？」

「もちろんさ、どうぞどうぞ」アダムはそういうと、こんどはニニアンにむかい、「飲物をください」

のっぽの魔術師はいそいそと、あたかも無尽蔵かと思われるバスケットに手をつっこみ、アダムと自分とのためには赤葡萄酒を、ジェインのためにはオレンジ・スカッシュやグレープフルーツ・スカッシュをとりだした。

モプシーはすでに、雛《にわとり》の胸肉をまるごと一羽分、それも骨をとってよく刻んだ上、ドッグ・ビスケットのかけらをまぶし肉汁にほどよく浸したものを一人占めにして、恍惚の面持だった。

一同はたのしくむさぼり食った。

「さて、ニニアン、デザートをおねがいするよ」アダムがいった。

バスケットからはケーキやエクレアやロールやさくらんぼの砂糖漬や果物の飴煮などの盛り合せのほかに、わざと「あまいもの」などと皮肉な名のつけてある犬用の特別製の菓子類まで、ありがたや一すくいほどあらわれた。

一同は専心デザートをつめこんだ。ニニアンも半ば夢みごこちで、グラスをくりかえし高々とさしあげては、「乾杯！」「きみのために！」「ご健康を！」などと音頭をとるのだった。

モプシーも彼専用の「あまいもの」にかぶりつきながら、すっかり悦に入っていた。

「顔中べたべたになっちまったのはわかるけどね。かまうものか」モプシーは述懐した、「アダム、このたびは常にもましてお見事だったなあ。だれに飼われるより、あんたの飼犬でいた方が、おそらく世界一ありがたいこった」

「そりゃけっこうなお言葉だ」アダムはまじめくさってこたえ、それからたずねた。「ジェイン、きみはどう思う？」

「すばらしいわ！」ジェインはこたえたが、おりからチョコレート・エクレアをほおばっていたために、「ふばらひいわ！」としかきこえなかった。

おなかがいっぱいになって、みんな身動きもできないほどになると、さっそくいつもながらの疑問や不安がジェインを苦しめに舞戻ってきた。このご馳走はなべてどこから、どうやって運ばれてきたものであろう？

もちろんどこかで交換がおこなわれたにちがいなかった。魔術師の娘として、彼女の信ずるところでは、バスケットがいつのまにか別のとすり変えられていたというわけであった。舞台の上でも、ひとの注意をどこか他の方へひきつけておいて、そのまにさっとすり変えをやってのけるのが常道だが、しかし、それならここへくるまでのあいだに、いつ、そして誰がそんなことをやってのけたのだろう。

思いかえしてみても、家を出るとき、母がジェインの手に直接このバスケットを手渡したことはたしかなのだ。そして、途中でもずうっと彼女が持ちっぱなしで、樫の木蔭でいよいよあけるそのときまで、一度も手放したことはなかったのだ。

ニニアンはどうみたってそんな器用な早業をやってのけられるはずはないし、アダムはアダムで終始離れたところにいて、バスケットにさわりさえもしなかった。

ジェインの若々しく旺盛な食欲は、いままではじめてといってもよいほどなこのすばらしい、かつはまためっぽう消化のよい食事によってすっかり鎮められたが、さてそうなると疑問はますますつのる一方だった。ここはひとつ、何としてでもこの謎を解かさねばならない。そういいつけられてきたからというだけではなく、彼女自身のためにもそうしなければいられなかった。

ニニアンは、これもバスケットの中にあったらしいパーフェクトの葉巻を深々と吸いこんでは、淡い空色の煙を悠々とただよわせていた。

「どうだい、ロベールさんの奥さんの行き届いていること。ああ、満足したよ。このためなら、マルヴォリオ爺さんの会合を二回棒にふってもおしくはないなあ」

ニニアンは吸いさしの葉巻を手にしたままさらにことばをついで、「ねえ、こうなるともう、あとはちょっぴり昼寝でもした方がよさそうだ。ほら、あの犬の通りだよ」

モプシーは、毛の上からでもわかるほどおなかをぱんぱんにふくらませて、すでに樫の木の傍らにのうのうと横たわり、かるい鼻息をたててぐっすりと寝込んでいたのだ。

「ぼくもちょっとあの岩のところへ行って一眠りしてきていいかな?」

「どうぞどうぞ。おやすみください」アダムがいった。

ニニアンは小さな岩角のつきでたところへ行って、そこによりかかったかと思うと、数秒ののちにはモプシーのいびきと彼のいびきとが、交々《こもごも》ひびきはじめた。

とはいえ、ニニアンのそれは本物のいびきではなく、実のところひとつも眠ってなんぞいなかった。眼だけはつむっているように見えるものの、ときどき細目にひらいては、アダムとジェインの方をそれとなく窺っていたのである。

打明けていえば、ニニアンは、マジェイアの市民なら誰しもそう思うように、アダムのことをもっともっと知りたくて、とりわけその驚くべき手品の秘法を知りたくて、死にそうになっていたのだった。ニニアンはもともと、ロベール夫人のつめこんだ弁当の貧弱な内容についてはきかされていなかったので、いま食べたお昼のあやしい素性については何も知らなかったが、それでも現に例の鳥籠は彼の手の中でほんものの金魚鉢に変ったのだし、現にこの眼のまえで割りほぐした卵がもと通りに戻ったのだ。こちらが眠っていると思えば、ジェインとアダムはひょっとして自分たちの魔術のことを話し合うかもしれない。そしてアダムの秘密をいささかなりと教わることさえできれば、ニニアンの失敗と貧窮の日々は過去のものとなるにちがいないのであった。

ジェインはといえば、こんなことを思っていた。サア、イマガチャンスダ！　ニニアンモモプシーモアアシテ眠ッテシマッタシ、イマコソアダムニ口ヲワラセルコトモデキルノダワ。

13 魔法の農場

ジェインはせいいっぱい相手の気をひく声でいいだした。

「ねえ、ねえ、ねえってば、アダム、ほんとにどうやったのか、教えてくださらない?」

彼女はひざまずいて手を胸元で合せ、泣きつかんばかりだった。

「どうやってって、何を?」

アダムは問い返した。彼は長々と地にねそべり、片肱をついてひやかすような微笑みをうかべていた。細めた目はそのしわのなかに半ば消えかけていた。

「ね、何もかもよ。あたしにくれたバラだって、フスメールの歯だって、ニニアンの手品だって。――あれ、ぜったいニニアンがやったんじゃないわ。あたし、ちゃんと見てたんですもの。それから卵を元通りにしたのだって。さっきの蟻や蜂や食器だって、たしかにここへ来たときにはなかったものよ。ねえ、それからいまのすばらしいお昼。あたし、母がバスケットに入れるとこ見てたけど、ニニアンの取出したものとは大ちがいだったわ」

「だけど、ジェイン、ほかに何をいうことがある？　あれはほんの……」とアダム。

ジェインは両手でぱっと耳をふさいで叫んだ。「わかってるわよ、〝ただのあたりまえの魔術〟っていうんでしょ。もう一ぺんそういったりしたら、わめきだしてやるから！」

アダムはにやりとわらい、「そんなことしたら、モプシーとニニアンが目をさましちまうよ」

「だって、教えてくれるって約束したじゃないの」ジェインは半分泣き声だった、「それに、あたし、どうしたって知っとかなくちゃならないの。だってあたしが教えられないとなったら、パパは気違いみたいに怒るもの。あっ、いけない、思わずいっちゃったわ！　いいわ、じゃあいってしまうわ。あたしたちがこうしてピクニックへきて、ピーターが藪の中にかくれてて立聞きするっていうのは、じつはパパの思いつきだったのよ。あたしはあなたの卵の手品のことをききだす役で、それができなければ、帰ってからお仕置をくうって約束させられたの。なにしろパパをあれ以上怒らせないようにと思って、はらはらしてたんですもの。このことをあなたにばらしたら、もっとひどいことをする、ともいってたわ。こんなやりかた卑劣だと自分では思ったし、自分で自分がにくらしかったわ。あたしだって、どうしてこんなこと引受けるもんですか。ただ、そうしなければ二度とあなたの助手をつとめさせないし、そしたらあなただって今晩出場不可能になるんだぞって、パパにいわれたからこそ引受けたまでだわ。ああもうどうすればいいんだか、何をいえばいいんだかわからなくなってきちゃった。このみじめなありさま、どう、アダム！」

アダムはジェインに面とむきあってすわり直すと、真剣な、気づかわしげな顔でいいだした。

「かわいそうに、ジェイン、そりゃあひどい話だ。よし、よくわかったよ。きみのおやじさんも、そんなにみんなを苦しめるなんて、ばかなこったなあ。だって昨夜ぼくがちゃんとどうやったか教えてあげたんだよ。ただおやじさんはそれを信じてくれなかったし、その点ではきみもおなじことだ。ぼくはほんとのことしかいえない。そう約束したろう？ぼくにできる魔法ってのはあれっきりだ。そして、ついいままでは、それがきみたちのいう魔術とおんなじものとばかり思いこんでいたんだがなあ」

いまはじめてアダムがうそをいっているのでないことが、ジェインにも通じたのだった。とはいえやはり、とても信じられるものではなかった。

「でも、ほんものの魔法だなんて、そんなものありっこないわ」ジェインはかぶりをふりふりいった。「そんなことありえないって、パパがそういってるし、パパにはちゃんとわかってるんだもの。何事によらずすべて説明がつくはずなのよ。みんな何らかの仕掛があってこそのことなのよ。現にパパがやってみせてくれてるもの。うちにはそういうやりかたを書いた本が書庫いっぱいあるわ。――ひとをだまくらかすためのネタ本がね。魔術ってのは、それっきりしかありゃしないわ」

「つまりマジェイアには、そういう種類の魔術しかないってことなんだね」アダムはおだやかにいった。

ジェインは負けてたまるかといった顔で彼を見つめていたが、それでいてその目には、あたかもいままで自分が固く信じて主張してきたことが、かならずしも真実でないことを望んでいるかのような憧れのいろがこもっていたのだ。アダムはつづけた。

「わからないかい、ジェイン。われわれのまわりには魔法がみちみちてるってことが。そのうちのひとつとして説明がつきやしないし、誰ひとりこの秘密の真相を実際に知っている者はないんだ。たとえば、ほら、これがどういうことなのか教えられるかい」アダムは地面から茶色いどんぐりを一つ拾って指先でつまみあげながら、頭上にひろがる年古りた丈高い樫の木のかがやく枝葉を指し示した。

「これから、あれができる」アダムはいった、「どういうこと?」

「そりゃあ――そりゃあ育ったからよ」

「ああ、そりゃそうだ。しかしあんな大きなものがこんなちっぽけなものから出てくるなんて、どうなってるんだ？ そして、なぜなんだ？ そもそものはじまりはいつのことだ？ そして、どうやってはじまったんだ？」

ジェインは考えこんだ。樫の木にも何らかのはじまりがあるにちがいないなんて、またその点ではどんな木だっておなじだなんて、いまだかつて思ってもみなかったことだ。こうなるとジェインもう、いいかげん自信がぐらついてきて、答えた。

「わからないわ」

「きみのおやじさんなり、マルヴォリオなり、フスメールなり、だれかマジェイアでこんな手品をやってのけられるひとがいるかい？」

ジェインは声を落し、「いないわ。だけどあなたは、ほんもののバラを杖から咲かせ、卵を元通りにしたのね」

「それがそんなに特別なことなのかい？」アダムはたずね、それから「あすこをごらん」そういうと丘の麓の野原を指さした。そこではちょうど、さきほどの子馬が仰向けに横たわり、ほっそりした脚を空行く雲にむかってさしのべ、ばたばたと打ちそよがせているところだった。

「あのうれしそうな、生き生きとしたありさまをごらんよ。ついこの間まではこの世に生まれてもいなかった子馬だ。どこにも存在しなかったものだ。地の果てまでもさがしまわったところで、見つけられっこなかっただろう。それがいま、ああしてあそこに力づよくたのしそうにしているんだ。あれこそ魔術以上だよ。そう思わないか？」

これもジェインには、考えるのさえむずかしいことだった。

「谷のすぐあちら側には何が見える？」アダムがたずねた。

「牝牛が群れてるわ」とジェイン。

「いやいや、そんなものじゃない。野原いちめん魔法使でいっぱいだ」

「魔法使？」ジェインはきょとんとしてアダムを見つめた。

アダムはすわっているあたりに生えていたみずみずしい青草を一つかみほどひきぬいてみせた。そして、いった。

「マジェイアでは、みなさん酒を水に変えることもできれば、きっと水を酒に変えることもできる。少くとも変えたように見せかけることができる。だがあすこにいる偉大な魔法使たちは、これをミルクに変えることができるんだ。そのミルクからクリームやバターやチーズができて、われわれがそれを食べたり飲んだりして大きくなるんだ」

牝牛たちの脚のあいだにゆっくりゆれている豊かな乳房は、谷間ごしにさえ見わけることができた。

「それでいて牛には袖に仕掛ひとつあるわけじゃない」アダムはわらった、「それは現にきみの目のまえで行われていることじゃないか。それでいて誰も、どうしてそうなるんだかわからないんだ。ジェイン、これこそ、ほんとうの魔法ってものだよ」

むすめはアダムをまじまじと見つめたが、その眼にはあらたな信頼の色があふれていた。

「ほんとにそう？　アダム」ジェインはささやいた、「魔法使はまだ他にも見つかって？」

「そうさ、もちろんだ」アダムがこたえる。「あの農場がまさしく魔法の館みたいなもんじゃないか。どこからどこまでおまじないでいっぱいだ。たとえば、下をごらん、庭でこつこついってつつきまわってるやつを」

「何、あのにわとり？　あんなの、いちばんばかみたいな生きものよ」ジェインはさも軽蔑するようにいった。

「その反対だ。あいつら偉大な手品師だよ」とアダム。「割った卵をもとへ戻すことならぼくにもできるがね、しかし卵を一つでも生みだすことはできやしない」そういうともう一度、思わせぶりに指さしてみせながら、「あいつらには、それができる。そしてその卵から、オムレツやケーキやヌードルがつくれる。あの母鳥のあとをちょこちょこかけまわっている、生まれたばかりの黄色いちっちゃな毛毬みたいなひよっ子はもちろんのことだ。それでも、たとえきみが怒って泣きわめいて地団駄ふんだところで、あいつらは、どうやってその奇蹟を行うんだか教えてはくれないし、また教えることもできないんだ」

二人はいつのまにか立上って寄り添うていた。ジェインの眼は熱っぽい光をおびて谷間の生活をながめわたしていた。

「それからあれ、あそこの泥んこに寝っころがっている、ふとった魔法使のばあさんはどうだろう？」アダムは下の豚囲いの中の牝豚を顎で示しながらつづけた。「あいつが残飯をくっちゃ、ぶうぶるるん＝わあわあああん＝きいききいん、てとなえると、変ってできあがるのは、きみなんぞ数えきれないほどのさまざまな用途の品物だ。靴、ポケットブック、スーツケース、札入れ、梳毛用のブラシ、肉の厚切、燻製ハム、ソーセージ、ラード、その他まだまだ数えきれやしない」

「あっちの方にいる羊はどう？　あれは何もできそうにないわね」

「きみのいってるのは、羊毛《ウール》つくりの魔術師のこと？」とアダム。「どうしてどうして、あいつらだってやってるじゃないか。でももちろん、外套に仕立てて襟元まですっぽり包みこんで、冬の嵐からきみを守ってくれるようになるまでには、いろいろ加工しなくちゃならないけどね。しかしその原料である純毛をどうやって造り出すかは、あいつらにしかわからない。そして、これまたあいつらには何も教えられないときているんだ」

そこへぶうんと羽音が近づき、あたりをあちこちとびまわっていた一ぴきの蜜蜂が、真紅のクローバーの花びらのなかへもぐりこんだかと思うと、ふたたび飛びたって行った。

アダムは手でかるく自分の額をたたいた。

「何をやってらっしゃるの?」ジェインがきいた。

「花から花への愛のメッセンジャーである蜜蜂くんたちの、偉大なる名匠のひとりにご挨拶申しあげてるんだよ。彼らは何マイルも遠くからあたらしい生命を木々や花々にはこんできてくれる。そのついでに、もひとつささやかな魔法をやってのけてるんだ。あんまり簡単なことなので、自分たちでも気がつかないほどだけどね」

「蜂蜜でしょ!」ジェインは自分の思いつきがうれしくて、手をたたいてさけんだ。

「そのとおり、蜂蜜だ」アダムはうなずきながら、「これだって、人間のうちにはだれひとり、蜂蜜一滴、蜂の巣ひとつ作れる者はいないんだよ」

「つづけて、ねえ、もっと教えて」ジェインはせがんだ。

「だって、あんまりたくさんありすぎて、何からはじめていいかわからないなあ。じゃあ、あそこにある池だ」

「あひるや鵞鳥ね?」

「そんなのは、水面の下で起っていることに比べれば、二流の魔女で、枕の詰物係りみたいなものだ」

「じゃあその下では？」

「魔法のぎゅうづめで動きもとれないほどだ。あの池の水の一滴一滴がおびただしい生き物の住処だってこと、知らないかなあ。まあもうすこし大きくなったら、顕微鏡でもって、肉眼では見えない何百万の小さな動物が、ぼくらといっしょにこの世界に生きてるさまを見られるだろう。ついでにいえば、あの池にはおそらく、おたまじゃくしが何百匹となく泳ぎまわっているはずだ」

「ああ、あの……」

「そうだよ、それにしてもやつらのすばらしい摩訶不思議な演技ぶりはどうだろう。まず卵から出発して、しっぽのついた魚になって、それから手足が生え肺ができて、水から陸へあがって、蛙になるんだ。池のほとりに行けば、その歌声がきけるよ」

「でもあれはほんものの、それこそ種も仕掛もない変身の魔法じゃなくって？」ジェインがさけんだ、「あれができりゃ、いうことないわよ」

「そうか、そういう変身が好きなのか。じゃあ、これをごらん」

アダムは小枝を一本ひろって、しゃがみこむと、草葉のあいだから小さな緑色の毛虫をすくいあげた。虫はしきりにのび上ったり、二人にむかって半ダースもの足をふりあげたりしておこってみせている。その時ちょうどレモン色の羽に黒い紋のある蝶が一羽、ひらひらととんできて、野原の草花の上を行きつ戻りつしきりに舞いめぐったあげくに、一輪のバタカップの上にようやくとまった。

「ホークス＝ポークス」アダムがいった。

ジェインはきょとんとした顔つきで、「わからないわ、何のことか」

「この緑色のおこりんぼ君があれに変るというわけさ」アダムはいい、物憂げに次の花へと舞いうつってゆく蝶を指さしてみせた。それからつづけて、「おう、こんどはもっとおもしろいやつまであらわれたぞ。ほら、早く、あいつをごらん！」

あいつといわれたのは一ぴきの蜻蛉《とんぼ》で、すきとおる羽をダイヤモンドにエメラルドに、はたまた真珠母色にきらめかせながら、目のまえの日なたをゆっくりと、さながら妖精の美しさでしばし漂っていって、それから木々の梢へと舞い上っていった。

「あいつはちっぽけな茶色いやごから生まれたんだよ」
十二、三ヤードはなれた小さな岩にもたれ、相変らず眠ったふりをしていびきをたてながら、ニニアンは興奮のあまり熱にうかされたように上気していた。ニニアンには、アダムがいよいよジェインにむかい、自分の達成したおどろくべき成功の秘密をくわしく打明ける時が迫ったと思われたのだ。こうして盗み聞きしているところを万一見つかったならと思うと、ニニアンはとうてい勇気がなくて、しかたなくいままで通り、時折こっそり様子をうかがうにとどめた。なにしろ瞼をほとんど閉じたままなのでかなりぼやけてしまってはいたが、それでも何ひとつ見落すものかという気構えではあった。モプシーは相変らず眠りつづけていた。

アダムは腕をあげ、じっと考えこむような表情になった。

そして大声でいった。「見わたすかぎり、いたるところ、地の魔法、水の魔法、火の魔法、風の魔法だ。あの丘の上の雲が見えるかい？　河馬みたいなかたちをしたやつだ」

「あたしには象に見えるけど？」

「象になっちゃったんだよ、そうじゃないか？　そしてほら、もう北極熊みたいになりかけてる」

「ううん、そうじゃないわ。あざらしよ」ジェインはうれしそうにわらったが、それから大声で、「でも、あんなのが魔法だなんて、考えたこともなかったわ！」

「そんなものかねえ。じゃあ、あれがむくむくとまっ黒にふくらんできて、稲妻をさかんに放ち、雷でお皿をがたがたいわせ、どしゃ降りの雨をふらせることになっても？　それもおんなじ雲のしわざなんだよ」

「雷はいつだってこわかった」ジェインはいった。「雲の魔法ならば、もうこわがったりしないわ」

「それから、日の沈むときだ。すると夜の魔法が頭上いちめんにひろがる。ちかちかまたたく別世界、別宇宙——恒星、惑星、天の河。望遠鏡が大きくなればなるほど、はるか遠くまで見通せれば見通せるほど、ますます神秘は増大するばかりだ」

二人はしばしば黙りこんだ。それはごく小さな雛菊だったが、ジェインは傍らにさいていた小さな野の花をもてあそんでいた。それはごく小さな雛菊だったが、ジェインはその出来工合をしらべようと、指先でそっとその花にふれ、双の眼でじっと眺めていたが、その瞳がこんなに大きく見開かれたこともいまだかつてなかったのだ。

「それからまだひとつ、のこってるものがある」アダムは結論にさしかかった、「それは、い、い、きみの魔法だ」

「あたしの魔法？　はて何のことやら」

「眼をつむってごらん」

ジェインはいわれるままに、ぎゅっと眼をとじた。

「さあ、どこか他の場所のことを考えるんだ。——まえに行ったことのある、たのしかったところをいってごらん」

「海辺だわ！　とてもよかった。あたしたちが小さかった頃、パパとママとピーターといっしょに行ったの」

「どんなふうだった？」アダムがたずねる。

「いちめんの砂浜で、そこで打寄せる波と追いかけっこしてあそんだの。足をぬらされないようにしてね。それからバケツとシャベルをもっていって、あたしがお城をつくったら、ピーターがこわしちゃったの。ああ、それから海の色と、そのにおいと、その音と」

「きみはいま海辺にいる。そうだろう？」とアダム。

「そうよ」

「じゃあ、眼をあけろ！」

ジェインは眼をあけた。

「さあ、もう、こうしてここにいる」アダムがいった。「けれどもたったいま、何百マイルも旅行してきたんだ」

ジェインはアダムを見つめた。

アダムは長い指で、彼女の額にそっとふれた。

「何もかもこの中につまっているんだよ、ジェイン、まるで仕切りのたくさんある箱みたいにね。きみの欲しいもの望むものは、何でもこの中からとりだせる。あらゆる魔法中の魔法が納まっているんだ。これが、きみを過去へも運んでくれれば、未来をも夢見させてくれる。病気のときでもたのしくさせてくれるし、いやなこともよくしてくれる。人間のいままで成しとげたことは、すべてこの奇蹟の箱から生まれたものだ。これさえ上手に使いこなせば、きみは、いままで誰にも思いつかなかったことや成しとげられなかったことをやってのけられる。星へ行く道だって見つけられる」

「魔術師になるのにだって役立つかしら」ジェインは世智辛《せちがら》かった。「兄さんのピーターより、いいえ、パパよりかりっぱな魔術師になりたいのよ」

「もちろん」

「どうすれば？」

「この中には、まさにそういうときに役立つ、〝できる〟って仕切りと〝やってみせる〟って仕切りとがあるんだ。その鍵をあけるこつさえ学べば、強力な魔法がきみを助けてくれて、山をも動かすにいたるだろう」

「でもパパは、だめだっていってたよ。あたしは馬鹿だからって。それにしょっちゅう物を取落すんですもの」

「それはつまり、きみが、この中に蔵《しま》いこんである驚異をいままでひとつも利用しなかったからじゃないか」いいながらアダムはジェインの額をもう一度やさしくたたいた。「きみだけがその鍵をにぎってるんだ」

ジェインは小声でいってみた。「あたしは、できるし、やってみせる」

「アブラカダブラ！　さあ、もう一度目をつむって、何が見えるかいってごらん」

ジェインは一瞬息をのんだ。

「あたしだわ！　赤いちっちゃな玉で手品をしてるところだけど、ピーターやパパがやったのよりずっと上手なんで、二人とも見とれちゃって、拍手してくれてるの」

「空想の魔法が働きはじめたね。あとはただ、きみが何とかしてそれを実現させるだけだ」

「ああ、アダム」ジェインは目をあけると、声をあげ、アダムの首っ玉にかじりついた。「あなたを好きよ。あなたのこと、ぜったい信じるわ。あなたって正真正銘の、ほんものの魔法使よね、そうでしょ？」

そういってしまってから、ジェインはわれとわが言葉におびえたように身を引くと、赤毛の旅の男の顔にじっと見入った。その顔には、つかのま、ある遥かな神秘の色と、同時にある只ならぬやさしさとがみちあふれていた。

けれどもアダムが返事するよりさきに、邪魔が入った。モプシーの小さな体がむずむずぶるぶる動きはじめ、まだ眠りこけているくせに、きいきいうような苦しげな悲鳴が口をついて出たのだ。

「どうやらあいつ、わるい夢でも見たらしいな」アダムがいった、「起してやった方がよさそうだ」

ジェインが近づいていって、そっとたたいた。

モプシーは身慄《みぶる》いをやめ、ぱっととびおきると、わめきだした。

「たすけてくれ！　つかまえられるよ！　あんなに大勢でかかってくる」

そういってしまってから、ジェインがそばにいるのに気づき、まっすぐ彼女の腕の中にとびこむと、身もだえしながら狂ったようにジェインの顔をなめはじめた。

「ほんとにわるい夢だったんだな。つかまりそうだって、いってたね」アダムがいった。

ジェインはモプシーを胸に抱きしめながら、生まれてこのかたついぞ知らなかったほどのしあわせな思いを味わっていた。あの神秘的な瞬間はすぎた。アダムの顔に見入るうちに、彼がいままでジェインの知っていた世界の誰ともちがうひとのように思えてきた、あの瞬間は。けれども何かまだ尾を引いているものがあった。何かこう、ことばにならないものが二人のあいだにつづいているようだった。それと、彼に対するあらたな信頼があった。まだ子供だとはいえ、ジェインは自分の生涯にひとつの変化がもたらされたことを感じとっていたのだ。今日より後はすべてがいままでとはちがった様相をおびるはずであった。

何が何だかわけのわからなくなってしまったあわれなニニアンも、相変らず眠ったふりをよそおいながら、やはりある奇妙なことが起ったのを感じとっていた。その思いが、緑色の眼をした小さな怪物となってニニアンの肩にとまり、耳もとでこうささやきかけたのだ。

「あの二人、がっちり手を結んだぞ。やつら、きみを仲間はずれにしちまった。彼女、きみが見てないうちに、何かきみの知らないことを教わったんだ、たぶん今後もけしてきみにはわからん、何かをね」

打明けていえばニニアンは、いたって善良ではあるものの、それほど頭のきれる男ではなく、さもなければ魔術師としてもっと成功していたはずなのだ。で、人間的な男の常として、ニニアンも当然焼餅のとりことなった。彼はここでわざと大げさにのびをして起きあがることにした。

「あああ……ううん……ふうううっと。やあすっかり眠っちまったな。よかった、よかった」彼はこわばった体を地にのばし、むっくり身をおこすと、きょとんとした目であたりを見回した。

ジェインが声あげてかけよってきた。

「ニニアン、どう思って？　あんたが眠ってるまに、アダムが魔法使になる方法をあたしに教えてくれたのよ」

ニニアンはといえば、もちろん思いちがいのせいで、いわれた以上のことまで感じとっていた。けれども、うわべだけはさもうれしそうなふりをして、「ほう、そりゃすばらしい！」とか「きみ、ほんとによかったねえ！」とかいったような科白をくりかえしてはいたものの、その実どこか気の抜けたような物言いであった。

つづいて、三人のあいだに沈黙がおそいかかってきた。何かこう宴のあとの空しさとでもいったようなもので、モプシーですらしばしロをつぐみ、頭をかしげてアダムの顔を見上げながらすわりこんでいた。

アダムはすらりとした体をのばして立上り、傾きかけた日とはるかな地平の方に見入った。いつもの快活さは影をひそめ、つかのま悲しみにとって代られたかのようだった。

アダムはいった。「そろそろ帰った方がよさそうだな。ピクニックはおしまいだ」

お皿やテーブルクロスやナプキンが、置かれた地面から消え失せているのに気がついたのは、ジェインだけであった。バスケットをひろいあげてみたが、中はきれいにすっからかんだった。けれどもそんなことは、もはや何の妨げにもならぬほど、ジェインはアダムの教えてくれたあたらしい魔法にすっかり感動し、ぼうっとしてしまっていたのだ。

一同が丘を下り、農場からもいいかげん遠くまできた時になって、ようやくジェインが気がついて声をあげた。

「アダム、あなた杖をわすれたんじゃないの。あの木の根方におきっぱなしで」

「おや、どうもそうらしいな」アダムはわらいながらいった。さっきまで彼につきまとっていた影はすみやかに払いのけられつつあるようだった。「かまわないさ。今晩成功したなら、たぶんもう二度と杖の用はなくなるだろうから」

彼がふたたび快活になってくれたことが、ジェインの心をもたのしくさせてくれた。なぜならいま彼のいったことは、彼がマジェイアにとどまるつもりだということを意味していたし、ジェインにはまだまだアダムから教わりたいことが山ほどあったのだ。ジェインはそう信じきって、アダムの手をとり、胸をはずませてアダムによりそいながら、スキップしいしい家路をたどっていった。

14　迫りくる嵐

「今夜はどんな手品をするつもりなんだい、ねえニニアン」帰り道でアダムがたずねた。のっぽの魔術師にしてみれば、自分が例の金魚鉢の神秘に関する手がかりを得られるかもしれないと当てこんで、ジェインとアダムをこっそりスパイしていたのだなどとは、とても答えられたものではなかった。そこで、その代りにこういったのだ。

「ちょっと仕込んでおいたのがあってね。とても面白いんだ。もちろんうまく行けばの話だけど。まず、旗とハンカチを使って、それから四ツ玉と植木鉢のやつをやる。チャイニーズ・リングを途中にはさんでもいいし、おしまいはシルクハットから生きた兎を取出すのさ。このまえは、そこのところでひっかかって駄目になった。兎がひどく生きのいいやつだったんで、おさえきれなかったんだ。なにしろぼくの手や手首をひっかいて、舞台にとびだして行っちまって、それからオーケストラ・ボックスへ逃げこむしまつさ。おかげでベルをならして幕をおろさなくちゃならなかった。だから今夜はとくべつ若い子兎を用意してあるんだ」

ジェインは思っていた。カワイソウナニニアン。ソンナ時代オクレノダシモノシカ思イツカナイナンテ。ソンナノ、モウダレモカエリミナイノヨ。

「今夜はきっと大成功をおさめると思うよ」アダムがいった。

「そんな自信はない」ニニアンは沈んだ声でいった、「こんなにびくびくどきどきしちゃってるんだから」

「あなたの魔法の箱を使えばいいのよ」ジェインがいった。

ニニアンはいま一度、嫉妬に胸のずきんと痛むのを感じた。するとやっぱり、アダムはピクニックのあいだに、いつのまにかジェインに何か特別な道具でもくれてやったにちがいなかった。

偉大なるロベールの邸の門口で、ニニアンはさよならをし、あらためてみんなに今日一日のお礼をのべた。それからなおもちょっとの間おろおろとためらいがちに佇んでいて、何かまだいい足りないことでもあるふうに見えた。事実、ニニアンはまだいい足りなかったので、いってしまえば、それはおよそこんなことだったろう。

「アダム、ぼくは汚いことをやったよ。眠ってるふりをしながら、きみとジェインのようすをうかがい、何かヒントを得たいものと思ってきみの話に耳をかたむけてたんだ。わかるだろ。ぼくはこんなにお粗末な魔術師のくせに、組合のメンバーになりたくてたまらないんだよ。このままではとてもパスできないことがわかってるから、不安でびくびくしてるんだ。おねがいだ、たすけてくれよ！」

けれども結局、ニニアンはただ哀れな表情をうかべただけで、またもやもぞもぞありがとうをつぶやきながら、よろめくように道を遠ざかって行った。ジェインとアダムとモプシーとは、彼が角を曲って見えなくなるまで見送っていた。

しかし彼らの見届けなかったことがひとつある、というのは角を曲ってからのことだったのだが、ニニアンがそこまできたとたん、四人の大柄な筋骨たくましい魔術師どもが、とある門口からばらばらととびだしてきて、そのうち二人が両側からニニアンの腕をつかみ、コートの襟元をつかんで取囲んだのだ。一人がいった。

「これでよし、どうだ無二無双ニニアン、いいからおとなしくして、手を焼かせるんじゃねえぞ。さあ、おれたちといっしょにくるんだ」

そういうとニニアンを抱きかかえるようにして歩きはじめた。

こちらはこちらで、いまやニニアンは立ち去り、三人してわが家のまえに佇んでいたが、こうなるとジェインが自分の問題でまたしても頭をかかえこむ番であった。

「あたし、こわくって家へ入れないわ。ピーターはあんなことになったんであたしを咎めるだろうし、パパはかんかんにお腹立ちでしょうよ。また一騒ぎもちあがるんだわ。あなたの助手なんかやらせてもらえっこないわ」

アダムは持ちまえの独特なわらいかたで目を細めていた。

「二つのことはぜったい両立しないってのを、きみは知ってるか？」

「何のこと？」ジェインは問い返した。

「臆病と魔術とだよ。ニニアンの手品がさっぱり成功しないわけが、きみにゃわからないかな。あいつ、駄目か駄目かと始終びくびくしてるからさ。いいか、きみの魔法の箱のことをわすれずに。何事にもおびえるんじゃないぞ」

「よかったらぼくにこの一件をまかせてはくれないかな、どう？」モプシーがささやいた。

アダムは、「いや、そいつは断わるね」といいかけたものの、この昼間、モプシーが一度ならずけっこう頭のいいところを見せてくれたのを思い出して、いい直した。

「何さ？　どういうつもりだい？」

「あの卵のおなぐさみをもう一度、ロベールのためにやってやるんだ。あのいんちき野郎のご機嫌をとることだけが問題なのならね。あいつ、二度目となりゃあ種仕掛をさぐりだせるものと思うにちがいないもの」

「そいつはいい！　そりゃ思いつきだと思うよ、モプシー」

「ほら、いったとおりだろ」モプシーはうれしそうだった、「あんたの魔法に、ぼくのおつむ――たいした名コンビだ！」

「何やってるの？」ジェインがたずねた。

「ここにおいでのわが友人が、ちょっとしたアイデアを提供してくれたんでね。まあ、万事ぼくにまかしときなさい」

一同は家に入ったが、案の定、彼らを待ちうけていたのは、ひどくよそよそしい、不吉な感じのする一連の面々だった。ロベール夫人は渋い表情をうかべていたし、偉大なるあるじは公人としての面子もどこへやら、おなじく不愉快をあらわにしていた。ピーターにいたっては目もあてられないありさまで、片眼はつぶれ、唇は二倍ほどにもふくれあがっており、頭中繃帯でぐるぐる巻きにされていた。

「ジェイン、いっときますけど、あんたずいぶん遅かったことね」ロベール夫人がぴしゃりといった。「かわいそうに、兄さんがこんなにつらい目にあってるというのに」

「奥様、申しわけありません」アダムがいった、「でも、お教えくださったところは、じっさいすてきな場所でした。おや、お宅の息子さん、いったいどうなさいました？」

偉大なるロベールはいまにも癇癪《かんしゃく》玉を破裂させかねない面持だったが、しかしそこは強いて自制して踏みとどまった。なにしろ、ピーターをあの藪かげに隠れさせたのが自分の誤算であったとは、口が裂けてもいいたくなかったし、そこでとうとうこういったのだ。

「はあ――そのう、あいつ木苺つみに行きまして、運悪く蜂の巣をふんづけたというわけで」

ピーターは頭をかかえ、痛みにうめいていた。

モプシーがふきだした。「木苺つみだって！　ははは、そいつあよかった！　このいかさま爺いが何といって説明するつもりか、興味津々だったんだぜ。ざまあみろだ！」

ジェインはしかし、兄がこんなありさまなのを見ると、しんじつ悲しくてたまらなくなり、「まあ、ピーター、かわいそうに、どうしましょう」そういいながら近づいて行ったが、答えはけんもほろろであった。

「あっちへ行ってくれ、おまえなんか！　いいか、何もかもおまえの責任だからな」

「そのとおりだわ！」ロベール夫人がわって入った。「知らないひとと口をきいたりつきあったりするんじゃありませんよと、あたしがさんざんいっといたじゃありませんか。ジェイン、もしあんたさえ気をつけてりゃ」

「まあ、いいから黙れ」偉大なるロベールがさえぎったのは、これでは自分の立つ瀬がなくなってしまうと判断したからだったが、それと、もひとつ、彼には別の心配ものしかかってきていたのである。マルヴォリオの毒のある言葉と町中に流れる新参の魔法使についての噂とは、すでにロベールの耳にも達していた。

「ピーターが蜂の巣をふんづけるようなたわけた真似をやらかしたからといって、どうしてこの客人を咎めだてできよう」なぜなら、いままでにだってこの息子は、おなじようなへまをいやというほどしでかしてくれていたのだった。

「はは！　おまえさんの思ったとおりだろうが」モプシーは鼻高々だ。

「モプシー、お願いだからおとなしくしててくれ」

「何？　何です？　わたしには全然わかりませんが」偉大なるロベールがするどく聞き咎めた。

「いや、うちの犬のモプシーが、アンモニアはおためしになったか、ときいただけで」

「やあやあ、もちろん、マンサクの葉もカユミドメもやってみましたがね」ロベールはいい、それからジェインの方に向き直って、「いいよ、ジェイン、どうだ、ピクニックはたのしかったかね？」その声には二重の意味が含まれていることが明らかだった。つまり、「おまえは与えられた使命を果したのかそれとも果さなかったのか」というわけである。

ジェインはふるえながらアダムを見やった。アダムには彼女がおびえるまいと懸命の努力を重ねているのが見てとれた。家族の者たちの目をしのんで、彼はこっそりジェインの腕をにぎりしめてはげましてやり、それからおもむろに答えを買って出た。

「いや、すてきでした。こんなにたのしかったことはありません。みなさまのご好意にどれほど感謝しておりますか、口に出すのもむずかしいほどで、いずれ何かはっきりしたかたちでこの気持を示させていただかなければ、と思っておりますが」

このことばで、ロベールはあっけなく態度豹変してしまった。

「はっきりしたかたちといいますと？」ロベールは復唱した。

「そのとおりです。じつはお嬢さんとおしゃべりしていてそれを指摘されるまでは、わたしにはとんと気がつきませんでしたが、あなたはあの卵のお笑い草にずいぶんとご興味をおもちだとか。ジェインから、何だったらパパのためにあれをもう一ぺんやって見せてあげては、とまことに愛らしいお申入れがありましたんで」

「何、ほんとにやってくださる？」ロベールは満足をかくしきれず、半信半疑でさけんだ。

「今夜の実演の後ででもいかがでしょう」

やれやれ待たされるのかとがっかりはしたものの、ロベールはそれを表に出さぬだけのたしなみはあった。モプシーの観察は正しかった。どんな魔術師でも、おなじ手品を二度くりかえして、それもごく近間で眺める機会があれば、その仕掛を推察するなりからくりを見抜くなりできるものと、えてして思いこむものなのだ。ロベールは大声でいった。

「そりゃいい、きみ、そりゃありがたい！　たのしみにしていますからね。ひとつ、本選会の終番のあと、ここでささやかな内輪だけの食事をいたしましょう。試験の方は、あなたはもう堂々フリーパスにきまってますからね。とりわけうちのジェインが助手をつとめるとあっては。ジェイン、こっちへきてパパにキスしておくれ。いや、うちの小さな娘がこのような前途有望な魔術師のお手伝いに選ばれたなんて、父さんも鼻が高いよ」

思いがけない話の展開に少なからずほっとしたジェインがいそいそと従うのを、モプシーはモプシーで、

「見ちゃいられん！　わざと下手くそにしてやれ」

ロベール夫人もやや態度をやわらげていいだした。

「たっぷり召上っていただけましたでしょうか。だいぶいそいで詰めましたんで、足りなくはなかったかと心配で」

「とびきりおいしいお昼をごちそうにあずかりました」アダムは真面目くさって答えた。

モプシーは口の中で、「むむむ、偽善者ばばあ。あのくさったいわしの臭いが、まだこの鼻にこびりついてるぞ」

「この犬、何かいいました？」

「いわしがうれしかったといってます」アダムがこたえた。

「じゃあお入れしといてよかったこと」ロベール夫人はそういうと、「そろそろこの子の顔をもう一度洗ってやった方がよさそうですわね。ピーター、いらっしゃい、こっちへ」

「さてお客さん、きみも今夜のために準備などおありでしょう」ロベールがいいだした。

「ショウは九時きっかりにはじまります。あなた専用の楽屋がしつらえてありますし、八時半には会場へおいでになっていて下さい。しかし、さしあたってひとつ内々でお話したいことがあります。ジェイン、ちょっとあっちへ行ってあそんでおいで。アダムと父さんはすこし相談事があるんだから」

立去りぎわにジェインはアダムが目くばせしてくれたのを見た。ジェインの胸はほのぼのとした、しあわせな思いでいっぱいになった。

二人きりになると、偉大なるロベールはいった。「葉巻はいかが？」

アダムはいんぎんにことわった。あるじは手を一振りしたかと思うと、どこからともなくその指にはハバナ・パーフェクトがはさまっていた。ロベールは火をつけ、二三度すぱすぱやってから、こう切りだした。

「ちょっとお話しておいた方がいいと思いましたのはね。きくひとによってはぎょっとするような噂がこの町に流れてるんで、つまりあなたがほんものの魔法使だというわけですな。もちろん、ナンセンスもいいとこですよ。言いだしたのは全能マルヴォリオというやつでして。全能？　どういたしまして、くだらぬやつですよ。ただし中傷好きで、わたしに対しても何か面倒をまきおこしてくれようと、とうから画策してるようなわけで」

「ご尤《もっと》もで。よくわかりました」アダムはいった。

「そこへもってきて、あなたがご親切にも卵の手品のやりかたを教えてくださるというお申し出で、よけい嬉しくてたまらないんですよ」

ロベールの勝手な思いこみでは、「もう一度お目にかける」がすでに「やりかたを教える」にすり代えられてしまっていたのだ。

「何もいうなよ、アダム」モプシーがいましめた。

アダムは口をつぐんだままだった。

「呆れたやつです、あいつ、そんなことをいってみんなをあわてさせるなんて」偉大なるロベールは話をつづけ、それからにわかにきっとした鋭い目つきになっていいだした。

「あなたがほんものの魔法使だなんて、よもやそんなことはありますまいね？」

「来かたが来かただったので、どうもまともな人間と思われないのです」アダムの答えに、モプシーは思わずつぶやいた。「うまいぞ、その調子！」

「そうです、そこなんですよ、マルヴォリオがつけこむのは」とロベール、「ですから、あなたに卵の手品のやりかたをご伝授いただいて、わたしがやつのまえでやってやれば、あいつのいいかげんぶりもはっきりしますし、万事解決というわけです」

「なるほどねえ」アダムはうなずいたが、同時に、なぜまた自分よりはるかに腕も立ち、経験もあるはずの魔術師たちが、自分のやるようなたぐいの魔術で大騒ぎしたりするのかと、正直呆れる思いであった。

「そうなりゃもう心配することはありません」ロベールは目に見えてほっとした様子だった。「そこが先決問題ですな。それはそうと、今夜は何をなさるおつもりで?」

「じっさいの話が、まだ思いつかないんです」アダムはそう答えたが、これは本音だった。アダムの手品はまったく成行きまかせだったからだ。

「あなたのは、もすこし見た目に派手になすった方がいいですよ」ロベールがすすめた。「大げさで華やかなやつがいい。例の卵のみたいなのは、少人数相手にはりっぱなものですが、しかしこんどは劇場のステージで、脚光をあび、ほとんどマジェイア中の人々が見守ってるわけですからね。ギルド加入の最終選てのは、この町の年間最大のショウなんです。なるべく何か舞台にのせて見栄えのするものがいい、消すにしろ出すにしろ。もちろん機械設備は最新式のをとりそろえてあります。隠し戸でも、せりでもはずみぐるまでも滑車でも電気仕掛でも、何でもござれです。小道具は小道具でわたしの地下室に全部そろってますし、お役に立てていただければありがたい仕合せです。消えた貴婦人でも、印度の綱登りでも、活人画でも、お望みのままですよ」

「ご親切ありがとうございますが、なにしろ使いかたが不案内なもので」

「まあ、そうかもしれませんね、あなたはあなたなりになさるのがいい。ただ、着るもののことですが、それだけは、あの服装のままではいけませんよ。東洋風の出し物をそれ相応の衣裳でするのでないかぎり、礼装は欠かせないと思いますがね。わたしのもう小さすぎて着られなくなったのが一着、二階にあるんですが、あなたならぴったりじゃないかな。はははは！」ロベールは腹をたたいてみせ、「なにしろ歳ですからな。よかったらお使いいただきたいんですが」

「拝借できますでしょうか？　そりゃねがってもないことで」とアダム。

「ひゃあ、兄貴！　馬子にも衣裳てとこじゃないか、早く見せてほしいよう」とモプシー。

「おとなしくしてろってのに」アダムが制した、「さもないと、おまえにも服を着せちまうぞ」

「え？　ああ、なんだ、また例の犬ですね。まあ、上へ行って、使えるのがあるかどうかしらべましょうや」

ロベールは、アダムとモプシーとを従えて二階の自室へ行き、衣裳棚に首をつっこむと、一揃いの上等そうな燕尾服上下に、白チョッキと糊のきいたカラーにシャツに、白タイ、シルクハットなどの附属品まで添えて持出してきた。

「まあちょっと、この仕掛をお目にかけたくて」偉大なるロベールはそういったかと思うと、一連の隠しポケットのたぐいの驚くべき装置を次から次とご披露に及んだのだ。あるものは上着の襟の蔭にあって、せいぜいコインかまるめたハンカチか小さなボール程度をおさめるようになっていたし、あるものはまた燕尾のいちばん先やズボンの裾まですとんと落せるようになっていた。袖にも、ラペルの下にも、ベルトの中にも、いたるところポケットだらけだった。

「帽子はわたしが改良したものでしてね」ロベールはさらにつづけて、「ほらね、この脇の小さなスプリングを押せば、中に四つの仕切りの入れ物ができるんです。そのうち二つは防水になってます」

「すごいじゃありませんか！」アダムは舌をまいた。

「どうです、考えたでしょう？」とロベール、「これだけあれば、何でも思いのままに隠し持っていられます。カードでもハンカチでも、火のついたタバコでもにせ時計でも、日本の日傘でも花束でも、コインでも四ツ玉でも、生きものでも」

「生きものでも？」アダムがたずねる。

「もちろんですとも。そのためにこそ特別に誂えたんです。さいごにこれを着たときは、わたしもずいぶん若かったけれど、そのときは白鳩を使いました。わかりますか、このスーツだと一度に八羽も隠して、スポットライトのぎらぎらする中をナイトクラブのフロアへ歩み出て行っても、入ってる気配さえ示さなかったんですからね」

アダムは服を手にとって、おもしろそうにながめていた。彼はいった。

「信じがたいことですね」

「ぼくもどこかのポケットに入れといてもらえるかな?」モプシーがささやいた。

「まあいいでしょう、こんなものは、あなたにとっちゃ少々行き過ぎかもしれません。どうでもいいんだ、肝腎なのは見苦しくないようにしとくってことですからね。持ってらっしゃい、あなた、まあお持ちなさいって。あなたの出番はプログラムの最後にしておきました。クライマックスにふさわしいものをおねがいしますよ。さあ、それじゃあなたもジェインと下稽古しときたいでしょうし」

アダムは頭をゆっくり左右にふって、いった。「いや、その必要はないと思います。ジェインをくたびれさせたくないんです。ひょっとして頭痛か何か起されたりしては、ことですからね」

「うまいぞ!」そういったのはモプシーで、ロベールの方はあわてて咳払いでその場をとりつくろってから、いった。

「ご尤も、ご尤も。あの子は感じやすい子ですし、今夜はまたおそくまで起きてることになるんですからね。いまのうちに少し寝ておくようにいいつけて、時間になったらわたしどもが準備万端ととのえてやって連れてゆくようにいたしますから」ロベールはそういうと、ぽっちゃりした手をさしだし、「おしまいになりましたが、あなたの幸運と成功を心からねがってますよ。わがギルドの一員としてあなたをお迎えできれば、われわれもどんなに鼻が高いことか」

ふたたび二人きりになると、モプシーがいいだした。

「外へ行ってもいいかい？　あいつを見てたら吐気がしてきた」

「いや、だめだ、今日は一日中外にいたじゃないか」

「ねえ、たのむから。さんざん暑苦しい思いをして、ちょっと涼しい風にあたりたいんだ」モプシーはしきりにせがむ。

「おまえ、いったいどうしたっていうんだ？」アダムはたずねた、「あんなに親切にして、気前よく振舞ってくれるひとなんて、めったにありゃしないよ。忠告はしてくれるし、服まで貸すというし」

小さな犬は体をぶるっとふるわせて、いった。「あんた、ふざける気かい？　あいつ、どうしてあんな服を貸してくれたりするんだい？　あいつ自身のためじゃないか！　あいつが何とかして今晩のきみの出し物のことをほじくり出そうとしてたのがわからなかったかなあ。それにうまくあんたに取入って、卵の手品を教えてもらうつもりなんだ。どうせ百万年かかったってやつには出来っこない、その手品をさ。あいつが何であんたを利用しようとしてるかはわかるだろう？　あんたを自分とあのマルヴォリオとかいうやつの間においてやれと思ってるのさ。マルヴォリオときたら徹底してあんたを仇扱いだからな。ぼくたちどうすればいいか。ぼくの考えてることがわかるかい？　出られるうちにここから出ちまおうってことだ」

「モプシー、ますますどうかしてるよ。もうききたくないぞ」アダムはこわい顔をして、いった。

「ぼくの尻尾の付根をどう思う？　こんなにぴくぴくしてるんだよ」

「したきゃさせとくがいい」アダムはきめつけた。

モプシーは三遍ぐるぐる回りすると、ほとほとお手上げだというふうに顔を脚の間につっこんでうずくまった。しかし、ややあってから、片方の眼元の毛をさっと払いのけると、アダムによびかけた。

「アダムよ？」

「何だい、いまごろになって？」

「ぼく、どうしても外へ行かなきゃならない」

「ほんとに、どうしても、だ。水をさんざんのみすぎたね。あの〝あまいもん〟てやつをくうと、きまってのどが渇くんで。それに、あのばばあが絨毯がどうのこうのっていってたじゃないか」

「なんだ、そんならオーケーだ、おいで」アダムはモプシーをつれて下りてゆき、外へ出してやった。「早く帰ってこいよ」

モプシーは矢のように通りへとびだすと、ふり返ってわらいだした。

「へへへ！　べつに外へ出なきゃならないことなんてなかったんだよ！　でも行ってこよう。そうしないとうそをついたことになるからね」そして気の向いた方角へさっととんでいってしまった。

「モプシー、すぐ帰るんだ！」アダムは命令した。

「ちょっと新鮮な空気が必要だっていっただろ。心配するなよ、ほんの一回りそこらをうろついてくるだけだから。ドアをちょっぴりぼくのためにあけといてくれ」

次の瞬間には、モプシーの姿はもうそこにはなかった。

アダムはこのわからずやぶりに溜息をついたが、それでも家に戻ったときにはふたたびにこやかな表情で、モプシーが帰ってきても大丈夫なように、気をつけてドアをあけたままにしておいたのだった。

15　マルヴォリオ打って出る

さて、アダムの手から大いそぎでとびだして行ったモプシーを待ちうけていたのは、如何なる運命だったろうか。それさえわかっていればモプシーも、あんなにうきうきいそいそとしてわからずやぶりを発揮したりはしなかったはずだ。なにしろいきなり、何の前ぶれもなしに、あっというまに頭から毛布をひっかぶせられ、ばたばたきいきいやってるところをつまみあげられて、いずかたへか運び去られたのだから。

「たすけてくれ！　アダム、たすけてくれ、誘拐だ！」モプシーはわめいた。アダムがまだ家の中へひっこまず、この声をききつけてくれますようにと思ったのだった。ぐるぐる巻きの毛布がその悲鳴をやんわりさえぎってしまった。ぎゅっと押えこまれているので、身動きもできなければ、息をつくのさえやっとだった。

だれかのたずねる声がした。「ちび乞食をひっとらえたか？」

「ようやくね」返事がかえってきた。

「よし。いそげ、マルヴォリオができるったけ早くつれてこいっていってたんだ」

これでモプシーもははあんと思った。アダムの仇敵マルヴォリオの命令にもとづく誘拐だったのだ。

しかしいったいどうして、またどうするつもりなんだろう？　いずれにせよ、アダムにとってかんばしからぬ事態であることだけはたしかだった。アダムを守るために片時もそばを離れずにいるべきであったものを、ききわけのない子供みたいに身勝手に町をほっつきに出てきてしまったなんて、いまさらいくら悔んでもおそすぎた。

じたばたしたところで無駄であった。彼は大いそぎで運ばれてゆくところであり、恐怖と狼狽のために胸は早鐘のように鳴りひびいていた。毛布の臭いもとても我慢できたものではなかったし、これでは目的地につくまでにお陀仏してしまいそうな気がしてぞっとした。

やがて石段をこつこつと下りてゆく音がし、つづいて誘拐者の一人が、入口を守っていたギャングの一味の第三のメンバーであるらしい男にむかっていっているのがきこえた。

「つかまえてきたぞ。中へ連れてってもいいかね？」

「いや、中じゃまだニニアンをやっつけてるとこなんだ。でもともかく、マルヴォリオに伝えてこよう」

ひでえこった、ニニアンもつかまったか、とモプシーは思った。おまけに、や、や、や、やっつけてるだなんて、何より不吉な含みのあることばであった。

「そのあいだ、こいつをどうしておこうか？」

「用があるまで展示室にでもほうりこんどけよ」

つづいてわかったことは、毛布のぐるぐる巻きがほどけるまでさんざん転がされ、それからもんどり打って床に投出されたことだ。ドアがぴしゃりと閉ったが、すんでのことに尻尾の毛をはさまれかねないほどの近さだった。と同時に鍵のかかる音がし、つづいて遠ざかってゆく足音がきこえた。

つまりマジェイア魔術博物館にとじこめられたので、それが市庁舎の地下にあることはモプシーも承知していた。まるで洞穴みたいなところで、何百年も昔からの手品に関係ある品々が、あるものはガラスのケースに納まって、所せましとばかりに展示されていた。けれどもさしあたりモプシーはそれどころではなかった。部屋の奥にある別のドアから洩れてくる人声のほうが、はるかに興味をそそるものだったのだ。モプシーはとんでいって後足で立ちあがり、鍵穴に目をあてて中の様子をひとまず見てとると、あとは耳をおしあてて、逐一話をききとったのだった。

のぞきこんだところは、どうやら会議室のようで、上座にはマルヴォリオが、今朝ほど審査員席で見かけた魔術師の面々をずらりと従えて、すわっていた。中にはモプシーの知らない顔もまじっており、ふとっちょのフスメールは筆記をしているところだった。

片方の端に、しょんぼりしおたれた髪と口髭をし、あおざめた顔に冷汗をにじませ、ふるえながら立っているのが、ニニアンであった。モプシーのぞっとしたことには、こんどは耳を鍵穴におしつけてみたところが、ニニアンはこんなことをしゃべっていたのだ。

「ご質問には何でもお答えします。ぼくはほんとの魔術師じゃありませんし、でたらめもいいとこです。まやかしの魔術師としてだって、いいかげんなものです。ちかってぼくはこんどのことには関係ありません。あれはアダムがやったんです。あいつは魔法使です」

ウヌ、ケガラワシイウラギリモノメ！　とモプシーは思った。アレホドアダムノセワニナッテオキナガラ。アア、ニニアンヨ、ヨクモソンナコトガデキタナア。

モプシーにはもちろん、知る由もなかったが、あわれなニニアンはマルヴォリオとその一党のまえに引据えられて、金魚鉢の秘密を明かさなければ拷問にかけるし、もしそこに何らの超自然的な魔力が存在することが明らかだとすれば、死刑にしてやるぞとおどかされて、おそろしさのあまりほとんど気も狂いかけていたのである。

ニニアンはこんなわけで混乱状態にあり、それのみか、自己憐憫にもおちいっていた。なぜなら、自分が苦境におちいったことがはっきりしたとたんに、まえとおなじ小さな緑色した悪魔がニニアンの肩にとまって、またもやこんなことをささやきかけたのだ。

「でもきみは、何もアダムに自分からたのみこんだわけじゃない。そうだろ？　ありゃあいつのまちがいで、きみには罪はない。あいつはいま、きみを苦境から救うためには、たいして役にたたない。そうじゃないか？　どうだ、わが身大事に考えた方が得だぞ」

「へえ！」マルヴォリオがそう叫んだのがモプシーにきこえた、「だったら、おまえはあの金魚鉢の一件には、まったく我関せずというわけだ、ほんとかね？」

「そうです、そのとおりです。ちかって何もしませんでした。ぼくが自分の手品さえよく出来ないってことぐらい、みなさんよくごぞんじじゃありませんか。アダムはぼくに、今度は失敗しないだろうって約束していました。そして、フロアに出てきたとき、あいつはこういったんです、〝あんまりおどろいたような顔をするなよ〟って。その声がきこえたかと思うと、どうです、ぼくの手に金魚鉢がおさまっていたんです！　それから、もっとあります、今日ピクニックにいったとき……」

モプシーの胸はますます暗くなるばかりだった。「もういいから、ニニアン、それだけいえばアダムをおとしめるには十分だよ。今日のことはいわないでおいてくれよ」そうつぶやいたのは、いままで見聞したことを総合すると、どうやらアダムのやるような類の魔術を実際に行うことは、マジェイアではおそるべき犯罪とみなされているらしいことがはっきりしたからである。

けれどももう遅すぎた。マルヴォリオの声がしていた。

「おうそうかよ、てめえに今朝ここにくるようにいっといたのに、それをふってピクニックに出かけたんだな。そこで何が起ったか、おれたちに報告せずばなるまいて」

ニニアンとしては、もともとあのお弁当のことを持出すつもりはなかったので、そこはきれいにすっとばしてしまっていた。それでいてニニアンは、わが身の潔白を証明しアダムを巻添えにするためには、何もかも打明けずばなるまいと観念していたのである。

「そうです、ぼくは眠ったふりをしていたんです」ニニアンはいいはじめた、「みんなで弁当をくってからですが、そうやって様子をうかがっていました」

「つづけろ、それからどうなった?」マルヴォリオが促した。

「おどろいたの何の、アダムはジェインに魔法を教えていました」

コレハシタリ! とモプシーは思った、アアドウシテ、ボクトシタコトガピクニックチュウニヒルネナンゾシテタンダロウ?

このあいだ中モプシーは、ほとんどのけぞり返った姿勢のまま、鍵穴にまず眼をあて、それから耳、また眼というようにして、何ひとつ見逃し聞き逃すまいとしていたのだ。

「あいつ式の魔法を？」そうきいたのはフスメールだった。

「悪党めが！　若者を惑わせるおそろしいやつだ」マルヴォリオが神妙な声でいい、それから何人か他の連中がふむふむ聞き捨てならぬというようにつぶやくのがきこえた。「どんなことをした？」

「豚をご婦人用のポケットブックに変えてみせました」

「ほんとかねえ？」と、これはまったく誰のものともつかぬ嘆声で、あわれやニニアンはほとんど天井を見上げるようにして視線をそらすしかなかった。

「はい、変えてみせるといったことは、たしかです。それはともかく、アダムはどんぐりを拾うと、それから一本の樫の木を生やしちまいました」

「おまえの目のまえでか？」

「そうです、まあ目のまえも同然です。でも、わすれてもらっちゃこまりますが、何分にもぼくは眠ったふりをしてたんで」

「ほかに何があった？」

　ニニアンはいまや混乱のきわみにあり、おかげでどこまでが実際に見たこと現実に起ったことなのか、自分でもよくわからなくなってきて、そのままぺらぺらとしゃべりつづけた。

「そうです、それから牝牛のいる野原を魔法使の群れに変えて、そいつらはまたそいつらでミルクを草にしちまいました。アダムはそれから牝雞《めんどり》を何羽かつかまえてケーキをひとつつくりましたし、羊の群れがきかかると、それをまるごと新しい外套何着かに変えてしまいました。それから絶対何もなかったところから子馬を一ぴき、おまじないでよびだしました。それはこの目でたしかに見たことです。つまり、はじめにうす目をあけてみたときには子馬なんかいなかったのが、二度目にはとびまわって脚をはねあげてたんですから。それから何だか池みたいなものがあって、それがせいぜい雑魚一番い《つが》分ぐらいの広さにしか見えないのに、何百万もの動物がそこに棲んでいたんです。そうだ、それからあいつ、蜜蜂を蝶に変えたんだった。いや蝶を蜜蜂にだったかな、そこのところはわすれました。それから雷と稲妻のものすごい嵐をおこしてみせました。何と、お日さまの照ってるあかるい真昼間にですよ。そうそう、それからお星さままで出てこさせました。でも、あれは後からでしたっけ」

魔術師たちはいまや動顚《どうてん》の面持で顔を見合せ、たがいにささやきあっていた。

「おそろしいですねえ！」「怪物だよ、まったく！」「ほんものの妖術使がこの町にあらわれるなんて！」「みんなで何とかしなくちゃなりません！」「そんなこと信じろったって信じられるものかね」「いやショックだ！」「じゃあ、考えてたよりもっと危険なやつなんだな！」

瞠目のダンテのたずねる声がした、「ニニアン、ほんとに嘘をいってるんじゃないんだね？」

「名誉にかけて、嘘偽りはありません」ニニアンは誓い、こうなるとますます怯えながらまくしたてて、一座の者に信じさせようと決心した。この頃には自分でもほんとのことをいっているつもりになってきたのだ。

「ほんとです、あいつはジェインを魔法のカーペットにのせて、二人して海岸へ行って砂掘りをしたりお城をつくったりしていましたが、しまいに波がきてさらって行ってしまいました。そこでまた、あっというまに戻ってきたんです」

ささやきやうなずき合いはますますはげしくなった。

「魔神《ジン》だ！」「悪鬼《アフリト》だ！」「妖怪博士ですよ！」「魔法使《ワーロック》です！」「鬼神学者でしょう！」

「黒魔術じゃないか！」

これらが打って一丸となって、ますますニニアンをしてアダムと袂をわかち、共謀の嫌疑から救われたいものと思いこませたので、ついに彼はこんなことまで口走ったのだ。

「しかし、いちばんひどいことは——つまりいちばんおそろしいことは、アダムがジェインに魔法の箱をやったってことで、その箱ってのは、蓋をあけてのぞきさえすれば、過去、現在、未来がすべて見通せるんですよ。ねがいごともすべて叶うし、それにまたがってちょっとノブをまわせば、お月さんやお星さんまでとんで行けちまうでしょうさ」

この最後の言明に一座は仰天のあまり声も出なくなったらしく、ややあってようやくマルヴォリオが槌をならし、重々しい口調でいいわたした。

「よろしい、みなさん、これでもうどちらにつくか、心はお決まりと思うが」

魔術師たちはマルヴォリオの提案したことに同意したらしく、ざわざわとその支度をする音がしたが、そこへふいに不可思議屋フラスカティとおぼしい声がこういった。

「わたしにいわせていただければ、ニニアンはちょっとおかしいんじゃないでしょうか。どうも眉唾物ですよ、ばかげてる、いんちきです。実のない話だ、気違いもいいとこだ。豚を女持ちのポケットブックに変えたって？　牝牛が魔術師になったって？　雷を起したとか、あたしはこの午後ずっと外にいましたが、そんな嵐なんぞひとつもありませんでしたよ。それからその魔法のカーペットとかいうやつ、『アラビアンナイト』からそっくりいただきじゃありませんか」フラスカティは指でこめかみのあたりに輪をかいてみせ、こう結論した。「法螺《ほら》ですよ」

このスピーチで会合はたちまち四分五裂のありさまとなった。なにしろ大多数の者はニニアンののべたてたことを半分しか信用していなかったからで、その他は気弱な動揺分子だった。

　抜群のボルディーニがわって入った。

「そういうことは法廷ではっきりさせられるように、十分証拠をそろえてから持出した方がよかったんだ」

「法廷なんぞ要るかって！　あんな畜生はさっさとリンチを加えるべきだ」マルヴォリオが底意地悪く吐きすてるようにいった。

「何だって！　あんた、一人の人間の生命を、ニニアンみたいな大根頭のぬかすことで左右しちまっていいんですか？　マルヴォリオ、もっと証拠を見せてくれなきゃね」と、これは素晴し屋サラディンの発言だった。

「たまごの手品のことはろうなったんれす？」アブドゥル・ハミドがひやかすようにたずねた。

「それから、わたしの歯が盗られたのは？　ありゃどう説明なさる？」フスメールもいう。

　一座の眼は期せずしてふたたびニニアンにむけられた。

「ま、魔法です、きっと。それしか考えようがないじゃありませんか」不運なニニアンはがくがくふるえながら、「おう、そうだ、わすれていました。あいつのものいう犬が、ロベールの息子のピーターが近くの藪にかくれているぞってアダムに告げ口したところが、アダムはおまじないで地蜂や蜜蜂や蟻をいっぱいよびよせたんで、ピーターはめちゃめちゃに刺されて逃げてっちまいました」

マルヴォリオの悪智恵は、こんな時にこそぱっとひらめくのだった。彼は叫んだ。

「ひやひや、そいつあ聞きものだ！　偉大なるロベールが、餓鬼をやってあいつの秘密をわざわざ探りだそうとしたなんてなあ。ロベールだっておなじこと考えてるんだ。大陰謀があるってさっきいったろう。きみらを救えるのはおれだけなんだ」

凶々《まがまが》し屋メフィストがたずねた。「ピーターのことをだれが告げ口したといった？」

「モプシー。あいつのつれてる、ものいう犬です」

「その犬ほんとに口がきけるんですか？」ワン・フーがたずねた、「あなた、その犬のしゃべるの、ききました？」

「ききましたとも、あなたのお声とおなじくらいはっきりとね」ニニアンは請合ったが、事実ほんとにきいたつもりになってしまっていたからだ。

これでたちまち、モプシーがしゃべったかしゃべらないかについて、喧々諤々《けんけんがくがく》の議論がはじまった。ある人々はたしかにきいたといい、何人かはモプシーがいったとかいうことをアダムが報告しただけだといい、また他の連中は、どうやらあの旅人は腹話術師にちがいないといった。ただしマルヴォリオにはこれが次の行動を思いつかせることとなった。

彼は槌をたたいてみんなをだまらせてから、いいだした。

「よしわかった、ニニアン。おれとしちゃおまえの潔白を信じて、おまえを釈放してやるつもりだ。まあ運がよかったんだし、これがくすりになって、今後はああいう手合に近づかねえようにすりゃいい。さあ行け、さっさと出て行くがいい。ただし今夜のおまえの出し物にちょっとでもへんなところがあったり、またこの部屋であったことをあん畜生に告げ口したりしようもんなら、おまえの舌をちょん切ってやるからな」

ニニアンが慄《ふる》えながらいうのがきこえた。

「あ、あ、ありがとうございます。お、お、お約束いたします」そしてニニアンの姿は鍵穴の視界から消え、ばたんとドアの音がして、部屋から追出されたらしかった。

「さて、どこまで話が進んでたんでしたっけ？」瞠目のダンテがたずねた。

「あんたが証拠を見せてほしいっていってったんだ、そうだろ？」マルヴォリオが横柄にダンテをにらみつけていった。

「そうでした」

「その犬がほんとにしゃべれるとすりゃ、証拠になるだろうが。どうかね？」

「そりゃありっぱな証拠ですよ」

ここでマルヴォリオは切札を取出したのだ。彼はいった。

「よろしい、みなの方々、犬は連れてきてある。おれが自分でつかまえてきたんだ。すぐとなりの博物館の中にいるよ」

この言葉に一座はざわめいた。

「なに、ここに？」「あんたが連れてきたのか？」「よくやったねえ、マルヴォリオ！」

「それ見ろってんだ、われらのほんものの指導者ここにありだ」メフィストがいった。

「マルヴォリオのすることに間違いはない。さあ、そのちんころを連れてきて訊ねてみよう」

モプシーはあわててドアから目を離し、身を引いたが、その時早くも魔術師の一人がドアをあけにかけよってきた。

16　モプシーの裁判

ドアが大きくひらかれると、あちらにいたのはすなわちゼルボであったが、この魔術師、敷居のところでやや尻込みする風情であった。

「さあ、ひっつかんでこっちへ連れてこい」マルヴォリオが待ちかねて催促した。

「こいつ、へんなことしやしませんか」

ゼルボがいった。

「何? そのちっぽけな毛玉が?」マルヴォリオはせせら笑い、「てめえの方がそいつよりか大きいじゃねえか。さあ、びくびくするなってんだ」

ゼルボはおそるおそるモプシーをつまみあげ、なるべくわが身に近よせないようにして捧げ持った。

モプシーとしては一瞬逃げだそうかとも思ったが、それよりは唖のふりをして、アダムにたいしどんなことが企らまれているか、正確にさぐり出してやった方がいいと心を決めた。ニニアンがああして釈放されたとすれば、モプシーに対してだって同様の処置がとられないでもないし、そうすれば主人のもとにかけつけて事前に警告してやれるのだった。

ゼルボは大いそぎで会議机の一端の椅子の上にモプシーをのせると、さっそく安全距離まで身を引いた。モプシーはよくよく一同を眺めわたすことができた。この点にかけてはモプシーはかなり得をしていて、つまり顔中毛にかくれているために、こちらから覗き見ることはできても、相手側からはそこまで覗きこまれずにすむというわけであった。マルヴォリオの一党が全員見分けられた。メフィスト、ぬらぬらしたアブドゥル・ハミド、フスメール、ならびにゼルボと、その他、名前はわからぬながら似たりよったりの面々が、指揮官マルヴォリオの傍近くずらりと居並んでいた。

瞠目のダンテは無言で椅子の背にもたれかかり、なかば自嘲をふくんだ面持で、一方フラスカティ、ボルディーニ、サラディン、ワン・フーの面々は額をあつめて相談の最中だった。モプシーは何となく、これなら裁判にかけられるにしても、多少とも味方がなきにしも非ずだという気がしてきた。

マルヴォリオはとんとんと槌をうち、一座の注目をあつめた上で切りだした。

「とすると、おまえが有名なものいう犬だな？」

モプシーは無言であった。

「おまえをここにつれてきたのは、ほかでもない、おまえの主人についてしゃべらせるためだ」マルヴォリオはつづけた、「主人とはつまり、あの、ただのアダムと名乗るやつで、その言動から察するところ、超自然的な魔法を行うのではないかという嫌疑がかけられている」

モプシーは相変らず黙りこくっていた。

マルヴォリオは頭をふりたて、「ふむ、ただそうやっていないで、しゃべれるなら何かいったらどうだ？　わかっとるのかどうか知らんが、魔法てのはマジェイアでは重大犯罪で死刑に値するんだ。イエスかノウかはっきりせい、あいつは魔法を使うのか、それともそうでないのか？　はたしてほんものの魔法使なのかどうか？」

「うわん」モプシーは大きく吠え、それからそっとひとりごちた、「あんたがどうするおつもりなのか拝見しましょうや」

マルヴォリオは、ボルディーニが身をのりだしてフラスカティに何かいっているのに気づいた。フラスカティはくすくす笑っている。

「おい、こら」やぶにらみの小男マルヴォリオはすこしずつ気が嵩《たか》ぶってきて、わめきたてはじめた。

「トプシーだかフロプシーだか何て名前だか、よくは知らんが、おまえ、気をつけぬとおまえのためにもあいつのためにもならねえぞ。ただのアダムについてもすこしよく知りてえんだ。あいつは何物だ？　ほんとはどこから来たんだ？　それから、フスメールの歯を本人の知らぬうちに口からひったくるなんて、いったいどうやったんだ？　おい、答えろ！」

「わんわんわん」モプシーは答え、それからもひとつ、「うわお」と、頃合を見計ってつけ加えた。

ダンテとサラディンは手で顔をおおってわらいはじめた。

マルヴォリオは顔中まっかになった。

「あの金魚鉢の一件はどういうことだ？　ニニアンがやったんでないことはばれたぞ、やつが自白したからな。やつは洗いざらいしゃべったんだし、おまえも身のためを思えば、そうやってさっぱりしちまうがいいんだ」

「わんわん！　ぐうう、ううう！」モプシーは吼《ほ》えながら、いっそたのしくさえなってきて、毛のカーテンの蔭でわらいながら思っていた。スコシハヤリカタヲカエタラドウダ？　マルヴォリオノヤツ、ジブンガドンナニコッケイニミエルカ、カンガエナイノダロウカ？

厄介なことには、マルヴォリオ自身にしてからが、自分がこんなちっぽけなもこもこの小犬を根ほり葉ほり問い糺して、わんわん、ううという返事しか得られないことがいかに滑稽に見えるかを、いやというほど意識していたのだ。

「ふむ、しゃべりたくないとな？　そんならこうしてやる」マルヴォリオはすごみ、モプシーに近寄ると、槌をその頭上にふりかざし、「さあ、おれの質問に答えるか答えないか？　それとも、これをくらう気か？」

モプシーはマルヴォリオにつくづく愛想がつきて、片眼で警戒しいしい、椅子の上に這いつくばった。

「ま、いいかげんになさい、マルヴォリオ！　そのままにして、そいつを打たないで！　どうせしゃべれやしないんだから」そういったのはワン・フーで、見れば瞠目のダンテも椅子から腰を浮かしかけていた。

マルヴォリオは腕を下ろし、席に戻ると、不機嫌そうにいった。

「べつに打つ気があったわけじゃねえ。ただ、たしかめたかっただけだ」それから、モプシー捕獲につかわされた二人の仲間の方へいらいらした顔を向け、「てめえら、間違いなくこの犬だという自信があるのか？」

「もちろんです、マルヴォリオ。偉大なるロベールの邸を見張ってて、あすこから出てくるところをちゃんと見ましたんで。そのあとも一度も目をはなしちゃいませんや」

「ワン・フーのいうとおりでしょう。このちんちくりんはあたりまえの犬ころにすぎませんよ」

ボルディーニがいうと、サラディンもつづけていった、「あの男はたぶんただの腹話術師で、おまけに少々催眠術ができるってだけですよ。まあこいつには、おっかながらせたお返しにミルクでも一皿やって、釈放してやることにしませんか?」

数人がこれに賛成し、モプシーもやれやれとばかり、わが戦術の成功を大いに喜ぶ気になっていた。だが計算が甘すぎた、マルヴォリオのことをわすれていたのだ。

マルヴォリオの立腹に何よりも油をそそいだのは、この犬が毛のカーテンのかげで自分をあざ笑っているような気がしたことだったが、そこでわっとわめきだしたのだ。

「釈放してやるだと、ばかをいえ! てめえらにはまったくうんざりするよ。おれはこの通り、てめえら全員とマジェイアとを没落の危機から救うためにあらゆる危険を冒してやってるってのに、てめえらときたら何ひとつ手助けする気もねえんだからな。偉大なるロベールのやつがてめえらを裏切ろうとしてることはわからせてやったはずだが、この上どうしてほしいってんだ? ニニアンのやつは必要な情報を全部くれたからこそ手をゆるめてやったが、てめえら今度はこの切札をむざむざ捨てようって気なんだ。もちろんこいつはしゃべって主人を売るような真似はしない。とめられなけりゃ、おれはとっくにこいつを打って本音を吐かせていたね。こいつを手放さずにおけば、それだけ、ただのアダムなるやつに罠をしかけることもできるってもんだ。今夜のショウでは、卵をもとに戻してみせるか、雲隠れの術でもやらかすかしれんが、それがすんだら……」と、ここでマルヴォリオはどうやらお気に入りの仕草と見えて、人さし指で咽喉をちょんぎる真似をしてみせて、「どうだ、賛成か？」

「わしの歯のことも考えてくれよ」フスメールが口をはさんだ、「ひとの歯をちょろまかすようなやつを大っぴらに流行らせるわけにいかねえよ」

モプシーの心はふたたび沈みこんだ。これでは笑っていられるどころではなかったからだ。マルヴォリオが自分を人質として利用しようなんて、モプシーには思いもよらないことであった。

瞠目のダンテが立ち上った。

「ゆすりってのは、わたしはごめんです。これで帰らせていただきます」このことばに、ボルディーニ、サラディン、ワン・フーが賛成して後につづいた。

他の魔術師らは、いま一息確信がもてずにいたフラスカティをも含めて、その場にとどまった。この連中はまだまだ成行如何という好奇心が先に立ち、結果的にはマルヴォリオの術中に陥っていたことになる。なにしろ一たびこの男の主導権をみとめたからには、いまさら引返すことはできなかったからだ。

マルヴォリオは四人が退場するまで待って、それからふふんとせせらわらっていった。

「さあこれで星菫派《せいきんは》の甘ちゃん四人が抜けて、いよいよ実務にとりかかれるってわけだ。あんたがた、どうやらおれのやってやろうと思ってることの意義がわかってねえんじゃねえか、心配になってきたぞ。いいか、あいつははっきりほんものの魔法使だぞ。あいつがお十八番《とくい》の巻をひろめだしたら、われわれ全員がおしまいってことになる。ニニアンもいってたが、すでにロベールの娘には教えちまったそうじゃねえか」

アブドゥル・ハミドは例のマルヴォリオ流のしぐさで指を咽喉にあてていった、「やっぱりこれがいちばんれすな」

「その通りなんだ」マルヴォリオはうなずき、「とすれば今夜だ。しかしおれはフェアプレーを重んずるし、誰にもそうでないとはいわせねえぞ。あいつに最終選でいま一度チャンスをくれてやる。みんなその場に立合って、あいつの一挙一動を監視するんだ、おれもかぶりつきの真正面にいるつもりだ。演目は何にしろ、こっちは全員その道の経験者だからな。いいか、あいつのすることに、見ていてこれっぽっちでも合点の行かねえことがあったら、その時こそおれの出番てわけだ」

「おれもやる！」ゼルボ、フスメール、ラジャ・パンジャブ、フラスカティ、メフィストの面々が口をそろえていった。

「そいれ、ろうなさるおつもりれ？」アブドゥル・ハミドがたずねた。

「ざっとこんな具合だ」そういってマルヴォリオは腹案を説明しはじめたが、話がすすむにつれ、この男の悪魔のような狡賢《ずるがしこ》さが、モプシーにもわかってきた。これではアダムが死のうと、その他何が起ろうと、だれもマルヴォリオを責めるわけにはいかないことだろう。計画に加わった魔術師たちは、会場のあちこちに分散させられ、そこでおしゃべりをはじめて、アダムに対する反感をあおりたて、その区域の観衆に眼を皿のようにして舞台を厳しく見張るように訴えるのだ。

ひそひそ声のキャンペーンはすでに十分効を奏しており、疑惑の種はたっぷり播かれている。かぶりつきにいるマルヴォリオの合図とともに、禁付け役たちは一せいに立ち上る、これで魔術師たちは一挙にして、ふだんの良識ある善意の人々から、憎悪に駆られ荒れ狂う暴徒へと成りさがるのだ。

「もちろん、あいつの出し物が、われわれのやるのとおんなじならば、何もその必要はない」

マルヴォリオはそういって話をむすんだが、心の中ではすでに何が何でもその合図を送るつもりであった。「そのときはそのときで、例の卵と金魚鉢と入歯――えへん――の種仕掛をさぐりだしておれたちの資料にできるよう、ちょいとばかり痛めつけてやる。それで終りだ」マルヴォリオは思わせぶりな微笑をたたえて、一座の面々をじろりと見わたしながらしめくくった。「女房子供のためだ、わかったな」

もはや反対を唱える者はだれもなかった。マルヴォリオとしてはともかくも、今晩アダムの上に何か不幸な事態が出来《しゅったい》したばあい、自分に責任が負わされそうになってもうまく避けられるよう手を打っておいたのだ。

メフィストがたずねた、「この犬ころを、さてどうします？」

「となりの部屋にたたきこんでおけ。ショウが終るまでとじこめておくんだ」マルヴォリオがいいつけた。

モプシーのおとなしさに、うっかりこいつは安全だと思いこんでしまっていたゼルボが、仰せに従ってすすみでたが、とたんに歯と爪の猛攻撃にとびこんだかたちになった。モプシーが死物狂いで戦いはじめたのだ。

メフィストが捕物に加わった。マルヴォリオは安全圏におさまったまま指図した。「ひっとらえろ！　いいか、逃すんじゃないぞ！　そうだ、そいつにおっかぶされ！」

モプシーは善戦これつとめた。けれどもちっぽけな犬の身で、いかに蹴るの噛むの引掻くのとあがいてみたところで衆寡《しゅうか》敵せず、博物館にほうりこまれ、ばたんとドアを閉められてしまった。

魔術師どもが会議室を出てゆきながら、ゼルボがこうぼやいているのが、モプシーのさいごに耳にしたことばだった。

「この手をみてくれよ！　あのいまいましいちんころがこんなにしやがった」

メフィストもそれに相槌を打って、「おれも指を三本も嚙まれちまった」

こうして悪企みを知りつくしながら、手も足も出ぬ状態でとじこめられているいまのモプシーには、これがせめてもの慰めではあった。モプシーにしてみれば、全生涯を通じてこんなおそろしい立場におかれたことはなかった。なぜなら、アダムの魔法でさえ、彼がモプシーの居場所に気がつかないかぎり、この窮境《きゅうきょう》から救ってくれるのに役立たないことがわかっていたからだ。アダムはきっと、名匠組合加入の栄冠をかちとるために、何かあっといわせるような演目をつくりだそうと専心いそしんでいるはずであり、そうなればそうなったで、連中は蜂起してアダムをやっつけるだろうし、ジェインもアダムとともに舞台にいる以上、おなじ運命をたどることだろう。それなのにモプシーはこうしてここにいて、世界で最愛の二人のひとを救うために、警告ひとつしてやれないありさまなのであった。

17 アダム警告さる

アダムはマジェイア公会堂の地下室の控室に、憂鬱な気分ですわっていた。話しかけようにも議論しようにも、相手になるモプシーさえいないのだ。モプシーはどこかへ行ってしまったからだ。とはいえ、いまアダムの胸がこんなに重いのは、親友モプシーの不可解な失踪のためばかりとはかぎらなかった。

壁一面の大きさのメーキャップ用の鏡のぐるりに灯された照明は、アダムの眼にいつもの見馴れた自分とは別人のような自分自身を映し出していたが、その姿がどうも気に入らないのだった。彼は着馴れたなつかしいやわらかい鹿皮の服を脱ぎすて、舞台魔術師の正装に身を固めていたのだ。白タイに燕尾、シルクハットの晴着姿だった。服はまるでお誂えのようにぴったり寸法が合い、長い鼻とふしぎな色合の眼と燃えるような髪のせいで、アダムはいつになく美しく、むしろ半獣神のようにすら見えた。だが本人にとっては、鏡からこちらを見返している男はおよそ場違いな人間に思えた。マジェイアを目ざして出発したときの浮きたつような気分が思い出された。あのときは自分の持って生まれたこのふしぎな魔術の天分を伸ばし、磨き、あわよくば後々に伝えようとさえ思っていたのだ。このわざをひろく人々と頒《わか》ちあうのが彼のねがいだった。けれども市の門をくぐったとたんから、すべてが予想とはまるきりちがった方向に展開して行ったのだ。じっさい、アダムがここに来てからめぐりあった唯一の好運はジェインであり、この子の示してくれた信頼と愛情とにほかならないのであって、それを思うとアダムの頰にもおのずから微笑が浮かんだ。

もひとつ、モプシーが危険を警告してくれたのは、どうなったろう？　アダムはモプシーがしきりに尻尾の付根がむずむずするといいはったことを思い出し、ふたたび微笑みはしたものの、心はなぐさまらなかった。こうしていま、いちばん居てほしいときになって、モプシーは雲隠れしてしまったのだ。

ドアの外から、各控室に通じる廊下をぱたぱたとひっきりなしに走りまわる音や、話し声や押し殺したような笑いや、次々に繰込んでくる魔術師たちの挨拶しあう声がしていた。これからはじまる今夜の盛大な催しの準備にやってきた面々だった。

自分はあの小犬に対して少々厳しすぎはしなかったか、それでモプシーは拗ねているのかもしれない、とアダムは自問自答してみた。けれどもそんなはずはたしかになかった。拗ねるなんて、モプシーの柄ではなかったからだ。モプシーはかなり自分勝手で遠慮知らずではあったが、いつまでも根にもつような性格ではなく、大体において従順であった。

半時間ほどしてもモプシーが戻らなかったとき、アダムはてっきりモプシーが単に時のたつのを忘れてしまったか、何かおもしろい臭いでも追跡するかしているだけで、それほど遠くへ行ったわけではあるまいと思った。そこで外へ出て、「モプシー、モプシー、どこにいる?」といいながら探しまわった。答えはなかった。かねて合図のするどい口笛をぴっとならしてみても無駄であった。いつもなら、モプシーがどんなに遠くで迷っていたとしても、この音だけは耳に届くはずだったのだ。ぱたぱたとこちらに駈け戻ってくる足音はついに起らなかったので、アダムは解しかねる思いで心配しながら帰ってきて、劇場に出かける支度に取掛ったのだった。

いったい何があったのだろう? ひとつの慰めは、マジェイアの街には犬には危険な自動車なんぞというものが通ってはいないことだった。迷子になっちまったか? それとも眠りこんでいるのか? ただひとつ、事の真相だけは、アダムが間違っても思いおよばぬところであった。

舞台監督がもう一度アダムと打合せするためにドアをノックした。オーケストラの指揮者があらわれ、曲目の楽譜を渡してどんなテンポで伴奏すればいいのか教えてくれと頼んだ。彼らはともども、狐につままれたような面持で部屋から追出されてきた。

「すこしは支度があってもよさそうなものなのに、道具立てひとつ要らねえっていうんだよ。よっしゃ、そんならむきだしの舞台でおやりってんだ」ドアの外で舞台監督がいった。オーケストラの指揮者も口を合せ、「おまけに、音楽も要らんそうですよ。けっこうです、そのあいだこちらは楽団員どもを休ませてやれますから」そういうと、二人して立去って行った。

ふたたび一人とりのこされると、アダムはありたけの元気をふるいおこした。これだけはいまだかつてどんな時にも失ったことがなかったものだ。それからモプシーがとても利口で、日頃から頭の回転が早いことを思い出した。その点はいままで何かにつけて見せつけられていたことだ。モプシーはおそらくショウの終ったあとで、申しわけなさそうにこそこそと帰ってくることだろう。魔術師名匠組合に加わりたいというアダム自身の希みはどうなるかといえば、これはもう、はるばるここまで出かけてきたことだし、たぶんうまく行くにちがいない。ここまで考えて、アダムは気がついたのだが、まだ最終選に何を演じたらいいか、いまだにどうもいいアイデアが思いうかばないのだった。見た目にはなやかなもの、と偉大なるロベールは忠告してくれていた。まあいい、そのうち思いつくだろう。しかし、さしあたりはどうもそちらに身が入らなかった。

なにしろ、心はたえず例の心配事の方へ、戻って行ってしまうのだった。モプシーはどこへ行ったのだろう？　あいつの身に何があったのか？　もしかして面倒なことでも起ったのではないか？　モプシーの所在がはっきりしないかぎり、アダムとしては魔法で助けようにも手が出せないのであった。

ドアをたたく音がした。「お入り下さい」とアダムはさけんだ。ロベールの一家がジェインをつれてきたのだった。ジェインはピンクと青の絹地にきらきらしたスパンコール付のまあたらしい衣裳を着て、お揃いの色のみじかいかろやかなマントを肩にかけ、何時にない愛くるしさだった。眼はかがやき、頰はばら色に上気していた。ジェインがこんなにしあわせだったことがあったろうか。つい二、三日まえまでは、家族の恥として一室に閉じこめられ、みじめに泣き濡れていたジェインではなかったか。

これにひきかえ兄のピーターは、顔の腫れは少々ひいたものの、がっくり気落ちしたすがただった。ピーターにしてみればもちろん、妹のことと、彼女がにわかにひきずりこまれることになった栄光とが妬ましくてたまらなかったが、これればかりはどうにも仕方ないことだったのだ。おまけに父親や母親までが妹のことで大さわぎしており、ピーターとしてはこれも異例の経験であった。

「どうです、きみ、きみのお手伝いさんをつれてきましたよ」偉大なるロベールはやさしくいった。「成功をおいのりして、一家してやってきました」

「ほんとうに。ジェインがうまくやってくれますように」ロベール夫人も口を合せた。

「いや、ジェイン、なんてかわいらしいんだろう！　ぼくも鼻が高いよ……」

しかしジェインの返事はなかった。彼女は室内をぐるりと眺めまわしていたが、その頬からは幾分か赤味がうすれていた。

「いやどうだ、わたしの服がよく合ったこと——手袋みたいにぴったりじゃないか」ロベールはアダムに近より、アダムの肩や背をなで、両脇をぽんぽんとたたいた。「鳩は入ってないね、え？」ロベールは笑いを含んだ声で、「ははは、二階のボックスからじっくり拝見させていただきますからね。何かめったに見られんようなすばらしいものを見せてくださるにちがいないと思ってますよ」そういうと、つづけて「それから、済んだあとですが、ははは、もちろんわが家でちょっと食事でもしていただいて、それからあのう、お約束のやつをご披露いただきましょうや。それでは、みんな、おいで。アダムはきっとジェインと出し物の打合せをしたいだろうから」ロベール夫人とピーターはぞろぞろと引揚げ、ふたたびドアが閉まった。

「モプシーはどこ?」ジェインがたずねた。

「知らないんだ、どこかへ消えちまった」アダムが答えた。

ジェインは思わず心配そうにさけんだ。「消えちゃったって? どうして、どこへ行ったの? 何かあったの?」

「それがわからないんだよ。今日の午後遅く外に出してやったきり、帰ってこないんだ。たぶんわざと拗ねて見せてるだけだと思ってたんだが。じつはそのまえにちょっと喧嘩したんでね」

「そんなこと。モプシーは拗ねたりなんかしないわ」

「そうなんだ、そんなのモプシーらしくないしな」

ジェインはすっかり青ざめ、いまにも泣きだしそうだった。モプシーとは大の仲よしになってしまっていたからだ。

「何かとんでもないことでも起ったんだとは思わなくって? かわいそうなモプシー! ほっとけないわ、あたし、モプシーが大好きなんだもの。きっと毒でも食べて、病気になったか、死んじゃったのかもしれない。ねえ、アダム、何とかできないの?」

「あいつの居場所がわからないことにはね」アダムがこたえた。

ジェインは声をあげ、「でも、あなたの魔法の箱があるでしょうに! それを使えないの？　あたしにはそう教えてくれたくせに……」

「……その箱で想像すればいい、ってね。ぼくだって、あいつの居そうなところを考えては、居てくれますようにと思って魔法の電波を送ってみたよ。だが見つからないんだ」

「もう一度やってみなければ」ジェインがいった。「さあ、おねがい、やってよ。いまごろはきっと家に帰ってるかもしれないわ」

アダムはためしてみた。

「でなかったら、下の市門のあたりにでも？」

反応はなかった。

「でなけりゃ、何かわけがあって、さっきのピクニックの場所まで行ったのかもしれないし」

結果は空しかった。あたかも広漠たる海にむかってレーダーを発しているようなものであった。アダムの魔法はどれひとつ、モプシー発見の吉報をもたらしてはくれなかったのだ。なぜなら、当然ながら、彼らの念頭には、モプシーが望みなく閉じこめられているその場所、筋向いの市庁舎の地下にあるマジェイア魔術博物館のことだけはついに思いうかばなかったのだし、まったく想像することさえ不可能だったのだ。

二人は気がつかなかったが、控室のドアが音もなくすうっとひらき、だれかの「しいっ！」という声がした。

ふりかえると、それはニニアンであった。

「やあ、入れよ」アダムはいった。一瞬、もしかしてこの男がモプシーの居場所について何か聞及んでいるかもしれないと思い、そこに望みを托したのだった。

「しいっ！」ニニアンはくりかえし、それからまた、「しっ！」といいながら、するりと中へすべりこんだ。「ここへきたことを誰にも知られたくないんだ、ぜったいに誰にも！」

「どうしたの、ニニアン？　何があったの？　そんなおっかない顔して？」

なるほど、いわれる通りだった。ニニアンは完全に興奮状態らしく、びくびくおどおどと落着かず、頬まで手足同様にふるわせていた。「しっ！　そんな大きな声、出さないで！」そしてドアをすばやく閉めると、指を唇にあててまた二、三度しっといい、それから声をひそめて、「じつは気をつけろっていいにきたんだ。ぼくの忠告に従うんなら、すぐさま逃げ出すことだな。やつら、きみをつかまえるつもりだ」

「ぼくをつかまえるって？」アダムがいった、「そりゃまた、何で？　その〝やつら〟ってのはだれだい？」

アダムがふつうの声でしゃべっているのを、ニニアンはニニアンで狂ったようにしっ、ししっとおさえつけ、揚句《あげく》にしゃがれ声で、「マルヴォリオとその一味だ。やつら、きみを魔法使だと思ってる」

「だって、ぼくたちみんなそうだろ？」アダムはたずねながら、ニニアンがもうすこし気を利かしてくれればいいのにと思った。なぜなら、モプシー失踪のせいでいいかげん動顚《どうてん》してしまっていたジェインが、この話におびえあがっているのが見てとれたからだった。

「いや、いや、まさか」ニニアンは喘ぎ喘ぎ、「わかんないのか？　そんなもんじゃない。きみのははっきり違うんだよ。だからやつらに憎まれるんだ。きみをつかまえようと躍起になってるよ」

自分ではそのつもりもないのに敵をつくってしまったなんて、いったいどういうわけだろうと、アダムは呆れる思いだった。モプシーは、あの賢いかわいいモプシーは、のっけからこの点を見究め、用心しろといってくれていたのだ。アダムはニニアンにいった。

「どうしてそれがわかった？　きみ、あの鳥籠と金魚鉢のことやあのときのことを、誰かにしゃべったのか？」

この質問こそニニアンの忌み怖れていたことであった。とはいうものの、自分の犯した不実がニニアンには心苦しくてならず、それでこうしてアダムに警告を試みる気にもなったわけだ。ニニアンは一瞬、がばと身を投げ出してアダムの慈悲を乞い、すべてを告白してしまいたい気持に圧倒されそうになった。そうだ、自分は裏切者臆病者で、わが命惜しさに友人を売渡したのだといってしまえばいいのだ。しかしいま、こうしてアダムの謎めいた眼でひたと見据えられてしまうと、やはりそうまでする勇気はなかった。ニニアンは嘘をいった。

「いやいや、もちろんしゃべるもんか。誰にも何もしゃべっちゃいないよ。ぼくは――ぼくはちょっと耳にはさんだだけだ」

「そんならたぶん、きみが勝手に想像してるだけだろ、ニニアン、ぼくはそんなこと気にかけないね」アダムはそういってから、ついでに、「きみ、モプシーを見かけなかったかい、どこかで？　あいつ、居なくなっちまったんだ」

「モプシーがいないって？　なんだい、そりゃたいへんだ！　見かけなかったねえ、全然。どこへ行ったか、ぼくにゃ見当もつかないや」

ここでまたしてもニニアンは、アダムの眼をまともに見られない思いだった、というのは、いまの言葉は半分しか真実でなかったからだ。ニニアンはたしかにモプシーを見かけこそしなかったけれど、あの犬の上にどんな事態がふりかかったかは容易に想像できた。つかまえられて、マルヴォリオの手中にあるのだ。しかしそれをいいだす勇気はなかった。ニニアンに可能なことは、揉手《もみで》をしいしいこう呟くことだけだった。

「ねえきみ、それじゃぼくの忠告をききいれない気かい？」

「ああ」アダムはおだやかにいった。

「ねえ、ねえ、きけよ！　どうしても出たいんなら、何かごく単純な手品にしとけよ、な？　コップとボールとか、たばことか、カードを使うやつとか。ぼくの控室にちょっとゆかいな道具が持ってきてあるんだが、ぼくにゃ使いこなせないし、あれなら貸してあげられるよ。瓶とコインのやつだ。とても見栄えがする。困ったことに、ぼくには中へ入れるまではできるんだが、取り出す方がどうしてもうまくいかないんだ」

「ぼくが手伝えば、きっと成功するさ」アダムの申し出だった。

そして、この提案がニニアンを目もあてられぬ恐慌状態におとしいれたのだ。「手伝ってくれるって？　いや、やめろ、たのむからやめてくれ！　いけないよ。ぼくに近寄ってもいけない。手伝いなんかなくたってやってみせる。そう約束したんだ……その、ちゃんとやってみせるってね」いまはただ、これ以上質問されないうちにアダムの眼前からのがれることだけがニニアンのねがいだった。そこでもう一度、指を口にあてると、声をひそめ、「しっ！　もう行かなきゃならない。ぼくがここへ来たことを誰にもいわないでくれよ」そういうと、ドアの外へとびだして行った。

「いったい全体、どういうことか、きみにはわかるかね？」アダムがいった。

「それにまたニニアンたら、あなたが手伝うっていったら、どうしてあんなにあわてちゃったんでしょう?」ジェインも首をかしげた。「あなたのためを思えばこそ、ここへきたんでしょうに。あのままではニニアン、ぜったいパスしないでしょうよ」ジェインの眼に複雑な表情がうかんだ。「ニニアンのいったことに、すこしでも真実があるとお思いになって? それから、あなたはほんとに何か特別な魔術をするつもり?」

外の廊下を呼出しの少年が、「開幕五分前!」とさけびながら通っていった。

「ニニアンのやつ、かわいそうに、何があったんだかは知らないけどね」アダムはほほえみ、「きみの父さんの方が、けっこうすてきな出し物のアイデアを提供してくれたよ」

「パパのするようなのをやるの?」ジェインは思わず声をあげたが、半ば救われたような、同時にがっかりしたような、おかしな気持だった。

アダムはまたしてもほほえんだ。「まあね、そっくりそのままではないけどね。どうなるか言っておこうか? 舞台にのせて見栄えのするようなものだ。聞いておきたいかい?」

「ええ、ぜひ! さ、はやく、おねがい!」ジェインはふたたび興奮してきた。

「時間はまだたっぷりあるさ。ぼくたちがどうせ最後で、ニニアンのすぐ後だ」そういうと、アダムは控室の中を見回した。

「そうだ、こいつは使えるぞ」彼はそこにあった移動式のコート掛けにつかつかと歩み寄った。柱の先に二段、十字型に横木をつけたもので、そこにコートをかけるようになっていた。「それでは、と。いちばんはじめにすることは……」アダムはそういうと、ジェインにむかって説明しはじめた。

マジェイア魔術博物館は、夜間とじこめられているには、お世辞にも快適な場所とはいいかねたし、とりわけ逃げだす望みも絶たれたちっぽけな犬の身にしてみれば、なおのことであった。

主な明りは消されてしまったものの、「出口」と書いた指示灯と非常灯がいくつか赤々と点っていて、けっこう物影を落しており、数々の無言の模像や自動人形の類をことさら凄味あるもののように浮びあがらせていった。

モプシーは一わたり小走りで視察してまわり、何か逃れるすべはないかと探したのだが、薄明りのなかで見分けられたものは、必ずしも慰めとするに足るものではなかった。

細長いケースにつめこまれた魔術用具が、現代のから何百年も昔にさかのぼるものまで含めて幾箱となくあった。しかしこの博物館の展示品中の呼び物は、エジプト、ギリシア、アッシリアの僧侶たちの手になる古代寺院の仕掛装置の模型で、その精密に組立てられた雛型には、ところどころにぞっとするような形相の神々が台座の上に鎮座ましましていた。区郭の一つには、いにしえの創意さかんな魔術師たちの造りあげた模型人形の数々がどっさり集められていた。巨人、矮人、甲冑をつけた戦士、ジプシーの占い師、チェスをするトルコ人、トランプをする赤い悪魔、頭骸骨、道化役、機械仕掛の馬、支那の龍など、何でもござれで、いずれも薄暗がりの中にひっそりと、身じろぎもせずに置かれていた。あるものは床に置かれ、あるものは天井からぶら下っていた。効果は上々でものすごく、無気味だった。モプシーは何だか自分の方がにらみつけられているような気がしてきた。しかし、何よりいけないのは出口のないことであった。お世辞にも大きいとはいえないモプシーだが、後足で立上れば前足でドアの把手を引下げ、全身でドアによりかかって押しあけることもできるはずなのだ。けれども無念、どの扉もまるいすべすべしたノブで、こればかりは前足でも歯を以てしてもいっかな動かすことができないのだった。

市庁舎の時計が九つ打つのがきこえ、やがて十打って、そろそろ絶望に道を譲るべき頃合であった。アダムとジェインが舞台にのぼる時も刻々迫りつつあり、モプシーの脳裏には、マルヴォリオの一味の煽動役の手によってむらむらと激昂に駆立てられた暴徒たちが、アダムとジェインに襲いかかって無残に引拗《ひきむし》るさまがありありと見えるのだった。するとふたたび居ても立ってもいられなくなってきて、かけずりまわってドアというドアによりかかり、ノブをひっかいては徒らに逃亡の試みをくりかえしたが、結局はくたくたになって、やりばのない涙にまみれながら嘆き悲しむしかなかった。

「ああ、アダムの魔力がちょっぴりでもぼくを助けてくれたらなあ」

市庁舎の時計が十時半を告げ知らせた。

公会堂の地階の通路では、呼出し係がまたしても控室の外を通りながら、このたびはこんな声をはりあげていった。

「第七幕、五分間、出場者、無二無双ニニアン、無二無双ニニアン、五分間！」

アダムの部屋では、ジェインがゆっくりとあでやかなお辞儀をしおわったところだった。

「上出来、上出来！」アダムがいった、「まさに申し分なしだ。次がニニアンの出番だね。行って見物してやらないか？」

アダムはコート掛けをもち、シルクハットをあみだに頭にのせて、ジェインの手をとると、二人して外へ出、階段をのぼり舞台の袖へと入って行った。

18　一にお芝居

ジェインとアダムとは舞台の袖に立っていたが、こうしてロープや電線《ワイヤ》や太索《ふとづな》や支柱が入り乱れ、そわそわした魔術師とその助手たちや裏方の人々が大ぜいたむろするあたりから見ると、劇場というものは、平土間の座席から眺めるのとはまた、まるで違ったおもむきであった。

まばゆいばかりの脚光やスポットライトのせいで、観衆は闇にとけこみ、見えるというよりその存在が感じとれるだけで、何かこうご機嫌取りやお笑いや気晴しや気散じをまちかねている、飢えた巨獣のようにも思われてくる。不満ならばたちまち罵声や舌打ちや野次などの、聞くにしのびぬおぞましい喧騒がはじまるのである。反対に、喜んだとなると拍手喝采、ブラボーやアンコールの嵐で芸人を圧倒してしまうのだ。

もともとその道のお家柄に生まれたジェインではあるが、その彼女ですら、ただ最前列の数列の白い座席カバーでのみそれと知れる、暗がりにひそむこの怖ろしい〝もの〟をライトの陰からためしにのぞいてみたときには、かすかに体がふるえた。マルヴォリオとメフィストの陰気な血色のすぐれぬ顔が雁首をならべているのが、暗闇の中に見わけられたような気がした。あそこにいる人たちは人間ひとり生かすも殺すも自在なのだ。事実、それがこの魔術師名匠組合加入最終選出場者たちの当否をきめるやりかたであって、やんやの拍手喝采を以て受入れられるか、あくびやお座なりの挨拶で拒絶されるかなのであった。いまこのときは、観衆はどうみても熱中しているとはいえない状態にあった。出演中の魔術師は、助手の娘もけっこう愛らしかったし、手品や芸当のはこびも手さばきもあざやかで、ポーズにも非の打ち所がなかったが、それでもなおかつ、この闇のなかの野獣が満足していないことが見てとれたのだ。この獣はもうさんざんいろんな出し物を見たあとだった。何かもっと目新しい、思いがけない刺戟的なものを切に求めていた。

手品師は演技を終え、退場して行ったが、拍手はほんの申しわけ程度にとどまった。観客席がふたたび静まり、オーケストラの指揮者が台をかるくたたいて次の伴奏曲目の用意を促し、アナウンサーが舞台の端のマイクのところに進み出て、いった。「紳士淑女のみなさま、つづきましての登場は——無二無双ニニアン！」

ジェインがささやいた。「アダム、あたし合格の方に賭けるわよ。おお、どうぞうまくやってくれますように！」

「ぼくだって」アダムがいった。

反対側の袖からニニアンがよろめきながら舞台にあゆみでて、ふりそそぐスポットライトのまぶしい光のなかにおどおどと目をしばたたきながら立った。今日一日に起ったさまざまな事件のせいで、ニニアンはいつにもまして重症の舞台恐怖症の発作をおこしており、唇をかんで途方に暮れたように立ちつくしていた。髪の毛も口髭も、眉毛や衣服までもがしょんぼり垂れさがり、両膝ががくがく打合さっているのがありありと見てとれた。「無二無双ニニアン」なる威勢のいいアナウンスと、おっかなびっくりあらわれ出た吹けば飛びそうなひょろひょろののっぽとの対照はあまりにも際立っていたので、新顔の登場のたびに送られるいつもの儀礼的な拍手のかわりに、だれもが思わず笑いだした。

無言の期待にみちた劇場のざわめきが気後れをそそった。それが意気地なしのニニアンの仕事を破滅寸前の状況にまで追い込むのに役立った。

ニニアンはつっかえながら、どうにか「よよようこそみなさま」といい、帽子をとったのだが、そのとたんにシルクハットの中につめこんであった品物をのこらず舞台にぶちまけてしまったのだ。馬蹄一箇、瀬戸物の卵二箇、カラフルな四ツ玉四箇、小兎一羽、ひよこ二羽、鈴ひとつ、懐中時計ひとつ、それからカードが三組。

それらがばらばら、がたぴしゃ、ぽんぽん、ごろごろ、床一面にはねちらかった。兎はぴょんぴょん逃げ出し、ひよこはありもしない餌を求めてこつこつつつきまわりはじめた。

ニニアンはてんやわんやでとびまわって収拾にこれつとめたが、結果はさらにひどくなり、しゃがんだとたんに今度は燕尾の袖やポケットに隠し持っていた品々が同様にころがりだしたのだ。皿、仕掛煙草、扇、日傘、コイン、指貫、ダイス、造花その他何でもござれで、どうやら自分のもてるかぎりの物を悉《ことごと》くたずさえてきていたらしかった。

観客は大喜びでどっと爆笑の渦がまきおこり、おかげで円天井から下った重たいシャンデリアのガラスまでがのこらず鳴りだしたほどだ。魔術師たちにしても、こんなふうに彼ら自身を茶番に仕立てたおふざけには生まれてこのかたお目にかかったことがなかったし、これはてっきり入念に仕組まれた、予定の芝居の一部だと思いこんだ。

「ああ、ニニアンかわいそうに！」ジェインはさけび、会場をなおもどよもす嵐のような歓声を聞くにしのびない思いに駆られた。

「みんな笑ってるんだわ。アダム、おねがい、たすけてやってよ！　もう我慢できないわ。ね、わからないの？　ニニアンたら、ほんとにどうしていいかわからないのよ」

「いやあ、あいつが自分でやってのけるはずだよ。解決法はただひとつ、あいつ如何にかかってるんだ。ぼくだってそのぐらいのこと予想しなかったわけじゃない。それでも成功を確実にしてやってわるいことはないだろう。合点だよ、ジェイン、じゃあやってみようか。だが、何が起ってもおどろかないでいてくれよ」

マジェイアにおけるあらゆる興行物の歴史を通じてみても、魔術師たちをこんなにひいひいって笑いころげさせたひとは前代未聞で、しまいにはみんな脇腹がいたくなり、目は涙でかすみ、息をつくのさえやっとだった。

なぜなら、いままでに起ったことだけでも十分なところへもってきて、今度はニニアンが予定の出し物を断然やり終せようとするにつれ、物という物がこれでもかとばかりめちゃめちゃな振舞いをはじめたのだ。無器用なニニアンのこと、取落したりきょろきょろ探しまわったりは当然だが、それればかりでなくどうやら道具たち自体が魔性にでもとりつかれたか、でなければ観衆がそう思いこんだように、わざと痴態のかぎりをつくすようにあらかじめ仕掛がしてあったみたいだった。

風船はニニアンの鼻先ではじけた。水を葡萄酒に変える装置はどう狂ったか、葡萄酒がビールになってグラスから溢れてニニアンの靴をびしょびしょにした。カードを扇形にひろげようとすると、タオルみたいにくしゃくしゃになってしまった。色とりどりのハンカチが数珠つなぎになってあらわれるはずの仕掛は、はてしもなくつづくかに見えるソーセージのくさりに変り、ニニアンがひっぱりつづけるにつれ、ほとんど舞台の四分の一を埋めつくしてしまった。クライマックスにピストルを一発ぶっぱなしたときには、ズドンというはずのところがモウ！　と牛みたいな声がして、銃口からミルクの噴水がふきだしてきた。

いまでは観衆などにおかまいなく、目をぎらぎら輝かせ、口ではあらぬことを口走りながら、ニニアンは奮闘をつづけたが、四ツ玉はゴムまりに化けてはずんで逃げ出すし、チャイニーズ・リングはチャイニーズ・リングでニニアンがいくら頑張ってもつながってくれず、目をそらせたすきにさっさと左右にわかれてころがって行ってしまった。ニニアンの馬づらにうかんだ狼狽と仰天との色が、観衆をまたあらたな笑いの旋風にまきこんだ。いちばん最後には何かめずらしいものをというわけで、火わざ、つまり回転花火や筒花火をするつもりであった。だが不運にもそれらはニニアンのコートの裾の中で早くも爆発してしまい、まずはニニアン自身が頭や肩に造花の花を咲かせたあげくに濛々たる煙と火花と極彩色の光のうちに退場することとなって、いままでのどの出演者にもまして、割れるような拍手喝采をまきおこしたのだった。

観衆の半数はまだ座席の上でころげまわって腹の皮をよじらせていたし、のこる半数は立ち上ってわあわあ叫んだり、ハンカチをふりふりニニアンにアンコールをもとめたりしていた。

ニニアンは歓呼に応えるためにふたたび舞台にひっぱり出されたが、これで魔術師組合への合格はすでに決まったも同然なのに、すっかりのぼせて混乱していたもので、自分では何が何やらさっぱりわからなかった。そこでリボンや造花の花束や小道具をずるずるひきずり、燕尾からなおも煙を立てながら、這々《ほうほう》のていで逃出してきた。アダムとジェインのそばを通るときも、この男は自分の勝利に気がつかず、恥と屈辱にまみれて泣きむせんでいた。

「わかってる。もうだめだ！　万事休す。やらなきゃよかったんだ。どうしてこんなことになったんだかわからない。こんなひどいことになるはずはなかったんだがなあ」

「何いってるの、ニニアン、大成功だったのよ！　アダムがお手伝いして」

そこへ運営委員長がかけつけてきて、ニニアンの手をとると、やたらにふりまわしながらさけんだ。

「おめでとう！　たいへんなヒットだよ、いやたいしたものだった！　こんなおかしなもの、お目にかかったことがない。きっとセンセーションをまきおこすぜ。偉大なるロベールがじきじきにお祝いをいいたいからボックスへきてくれといってるよ」

そのまにもニニアンのまわりには群衆がどっとおしよせ、背をたたいたり握手したり、

「すごい！」「すばらしい！」「おみごと！」をあびせたりしていた。

ニニアンにもようやく、自分が重ね重ねの番狂わせのおかげでかえって成功したのだということがのみこめてきた。そのときふいにアダムの視線につきあたり、この赤毛の魔術師がほほえみながらじっとこちらを見つめているのに気がついたのだ。とたんにニニアンはわけのわからない怒りがむらむらとこみあげてくるのを感じた。ニニアンはわめきだした。

「やったな！　またきみがよけいなことをしてくれたんだ！　これでもう、みんなはてっきりぼくがいつでもあれだけのことをやれるものと期待するようになるぞ。どうして自分のことだけで満足して、ぼくをそっとしておいてくれられないんだ？」そういうとニニアンはさっととんでいってしまった。

「ニニアン、ニニアン！　行かないで！」ジェインはよびかけ、それからアダムにむかい、「あなたのおかげで成功したのが、なぜそんなに気に入らないのかしら？　お礼ひとついわなかったわね」

「ほっとけよ、いつかはわかるさ」アダムはこたえた。

幕が下りた。オーケストラの指揮者が楽員たちに、「今度は伴奏なし」と言渡した。楽員たちは一列になって、ぞろぞろと舞台下の出口を通って退場して行った。

観客たちはびっくりして手許のプログラムを見たが、そこには「八番、ただのアダム

——「魔術」とだけ記されてあった。

頁をめくる音と、それにつれて起るひそひそ声とともに、一抹の戦慄が場内をさっと通りすぎたかのようだった。この名前と飾りけのない題目とが、並みいる人々の胸に、街でささやかれていた噂を思い起させたのだ。加えて今夜、ショウのはじまるまえや幕間や休憩中に、煽動者たちからしきりに耳に吹きこまれたことがあった。

それらはいずれもさきの噂にあてはまることであった。すなわちただのアダムと名乗る他国者は、自分たちの同類ではないこと、つまり職業的手品師とか舞台奇術師とかいうのではなくて、黒魔術を駆使する怪物であり、魂を悪魔に売渡した奴なのだから、この男の妖術が成功した暁には、われわれ全員が莫迦《ばか》をみて飯の食い上げになるにちがいないということであった。

こうした話を一笑に付す者も、中には大ぜいあったが、しかし他の人々は容易にあるセンセーショナルな気分の虜になり、まあそこまでは行かないにしても、マルヴォリオとその一党は、魔術師たちやその家族らのあいだに疑惑と不安をひろめ、ある緊張した雰囲気をつくりだすことには成功していたのだ。

プログラム中の他の出演者たちからは、純粋にお客をたのしませるようなものを期待すればよかった。小声の煽動者たちは、いちばん最後の出し物にとくべつ不吉な意味を負わせるようにあらかじめ仕組んでおいた。

先陣の出場者たちは、いずれも自分のする手品に「花のカーニバル」とか「カード、カード、カード」とか「消えた貴婦人」とかいった凝った名前をつけていたのにひきかえ、アダムの「魔術」という単純な演題は、すでに観客のきかされていたことと思い合せ、はじめて彼らの胸に、このことばのもつ妙に兇々《まがまが》しい性質を思い出させた。この男はいったい「魔術《マジック》」なることばによって何を示そうとしているのであろう？　いまのいままでは生計のための愉快な手段以上の意味をもたなかった文字が、にわかに悪意を以ていろどられたのだ。

何千年というあいだ、未開人たちは、超自然的な現象と思われるものに対して恐怖をいだきつづけてきた。文明がすすむにつれて、そうした考えは和らぎ斥けられたものの、しかし深層にはこうした古代人の恐怖の名残りがいまだに人知れずひそみつづけているわけであり、それをふたたび表面に呼びだすには、マルヴォリオの戦術で十分だったのだ。

場内の灯が消えてゆき、ざわめいたりささやきあったりしていた観衆も、いまや水を打ったようにしいんとなった。幕が上るまえの静けさの中で、マルヴォリオが三つ咳払いをしてみせた。この咳払いは場内に散らばっている一味の者どもにとって、かねて次のような暗号ときめられていた。「いいか、おれに気をつけていろよ。おれが合図したら、あとはどうすればいいか、わかっているはずだ」

場内の左右、中央、および後方、さらに二階桟敷からまで、同様に三つの咳払いのコーラスが返ってきた。「合点だ、待ってるぞ」という意味であった。

アナウンサーがマイクのところにあらわれてのべた。

「紳士淑女のみなさま、いよいよ今夕最後の出し物にございます。登場いたしまするはストレーン山脈の彼方、グリモアの村より馳せ参じられました、名匠組合志願者中の殿《しんがり》の――ただのアダム！」

この名前と謎めいた山脈の印象が、またしても見物席にざわめきをもたらしたが、ついて幕が上ったときの動揺はさらに大きかった。なぜならそこには書割《かきわり》も背景も袖の幕も悉く取りのけられ、もしくは天井へ捲きあげられていたのみか、小道具ひとつ置かれておらず、ただむきだしの舞台面と背後の煉瓦壁ばかりの空間があらわれたのだ。

アダムは控室から持出してきたコート掛けをかかえあげ、ジェインにむかっていった。

「さあ、出て行こう。どうすればいいか、わすれないでね」

アダムはジェインにいやとはいわせぬほどの力で、ぐっと引寄せられるのを感じた。

アダムの襟元をぎゅっとつかみ、その顔をのぞきこむようにしながら、ジェインは叫んだのだ。

「やめて！　ねえ、アダム、どうぞやめてってば！」その様子は、あたかもアダムが彼女に与えた魔法の箱の力によって、これから起るであろうことを自分で予見し、二人を待ちうけている破局をつとに推察しているかに見えた。

「もうおそすぎるよ」アダムはおだやかにいった、「心配するな、ジェイン、さあおいで！」そして舞台へと進み出た。ジェインもすなおにその後にしたがった。

この折も折、博物館にとじこめられているモプシーは、絶望のうちにまたしてもおなじせりふを繰返したところだった。

「あーあ、アダムの魔力がちょっぴりでもぼくに具わっていたらなあ！」

そして、そこまでいうとモプシーは、急に思いついたようにすわり直し、われとわが身にいいきかせたのだ。

「モプシー、もうやめろ！　嘆いても祈ってもはじまらないぞ。そりゃ、おまえには魔力なんぞないさ。だけど頭ってものがある。おまえ、アダムに口ぐせのようにいってたじゃないか。〝あんたの魔法にぼくのおつむ――たいした名コンビ！〟だとね。どうだ、ひとつそのおつむを働かせてみろ！　おまえさんほど賢い小犬は見たことがないって、アダムもしょっちゅういってたじゃないか。だったらそれを証明してみせろ！　脱けだす道はかならずあるにちがいないし、おまえならきっと見つけ出してみせるだろう」

こういってみずからを叱りつけながら、モプシーは起き上ると、またしても博物館の巡回にとりかかった。

気味のわるさは否めなかった。赤い悪魔はガラスの目玉でこちらを睨みつけていた。甲冑の戦士はちょうど剣をふりあげ、いまにも誰かの首をちょんぎろうとするかに見えた。ジプシーの占い女は、水晶の珠をかかえこみ指さしながら、ずるそうにモプシーを見つめていた。チェス盤にむかったトルコ人は、蠟づくりの顔にえもいわれぬ凄みのある表情をたたえていた。骸骨たちは暗がりにしらじらとその骨をうかびあがらせながら身動きもせずぶらさがっていたし、道化師の一団も楽器を宙に捧げ持ったままだった。それらの頭上に天井まで届かんばかりにそびえたっているのが〝ジャックと豆の木〟の大男で、モプシーにはこの薄明のなかでさえ、そのむきだしの白眼と象牙色のきばとがありありと見分けられた。

こうした数多《あまた》の怪物めいた人形たちに背をむけながら探索をつづけるのはかなり勇気のいることだったが、モプシーは渾身の力をふるいおこしたのだ。ジェインとアダムを救わねばならぬとあっては、一刻も臆病風をふかせているひまはなかった。

くりかえしくりかえし、モプシーは嗅ぎまわり探しまわった。このたびはしかしそのひまにもしきりに頭を働かせていて、その証拠にこんなひとりごとをいいつづけていたのだ。

「もうドアにぶつかって時間を無駄づかいしてるひまはない。全部ためして、動かないことが証明ずみだ。何か他の手段を見つけなくちゃならない。是が非でも、そうだ、是が非でも！」

だがその他の手段なるものがはたして何か、モプシーにはわからなかった。それを探しつづけるしかなかった。

こうしているうちにふと、いままで見過していたあるものに気がついた、というのは、もともとそんなものを探していたわけではなかったからにすぎない。それは黒い箱で、天井を支えている柱の一本に固定されており、その蓋はあけはなしになっていた。中には「開」のところを指した大きな電気のスイッチの把手が見え、その上にはこんな指示板があった。

「危険！
　サワルベカラズ
　　委員会司令」

何が危険なんだろう？　モプシーは瞬間的にそう思ったのだ。さわると危険なのか、それとも委員会が危険にさらされるのか？　そしてその危険とは、いかなる種類のことなのか？

それからおもむろにモプシーの胸の中でささやきかけたものがある。「かまわんじゃないか。いまより以上にピンチにゃなれっこないんだから」そこでモプシーは後足で立ちあがり、左の前足で箱にすがると、右前足をスイッチのハンドルにかけ、ぐっと引いた。

間髪を入れず、たいへんな騒ぎとなった。

博物館の中はとたんに光の洪水となり、同時にあらゆる自動人形や機械仕掛が動きだして、ものすごい大音響があふれだしたのだ。

甲冑の騎士はぞっとするようなひびきをたてて、剣を下にふりおろした。(真下にいたなら、てっきりモプシーは真二つに斬られていたにちがいなかった)道化人形の楽隊はきいきい、ぷうぷう、おかしな曲の演奏をはじめた。チェスをするトルコ人は歯をむきだして「詰み!」と大声でよばわった。ジプシーの占い女はにやっと笑い、頭をふるわせて「黒毛の旅人に気をつけなされよ!」とさけんだ。大男は地団駄をふんで「ううう!ひい、ほ、ひ、ふん!」と吼《ほ》えた。赤い悪魔の口からは煙と炎がふきだした。骸骨たちはかたかた骨を打合せて踊りはじめた。機械仕掛の馬はギャロップをはじめ、支那の龍はのたうって先の割れた舌を口からのぞかせ、硫黄くさい湯気を吐きだした。

だがそればかりではなかった。鐘が鳴り、角笛がひびき、呼子がふかれ、鬼火がちらつき、蒸気が立ちのぼる。化物《バンシー》がさわぎ、梟が啼き、けたたましい嘲笑がひびく。一方エジプトやギリシアやアッシリアの寺院も息づきはじめ、銅鑼の音やらっぱの音をひびかせる。モロックの神は僧侶らの誦経《ずきょう》につれてまっかな大口をあけて犠牲をのみこむ。ギリシアのシビラの神は「汝ら、のろわれてあれ！」とさけぶ。鳥や獣の頭をしたエジプトの神々は、囀《さえず》り、吼え、喘ぎ、呻きたてる。

モプシーの神経にはとても耐えられた代物ではなかった。「たすけて！　たすけて！　ここから出して！」彼は金切声をあげてかけまわりはじめた。そうやっていそがしくかけまわればかけまわるほど、人形たちの狂態はますますはげしくなってモプシーを脅かし、騒音は耳を聾するかに思われた。

モプシーはぐるぐる、めちゃめちゃに駈けまわった。この地獄の釜開きに追いたてられて、もう心臓が破裂するかと思ったとき、ふいに一つのドアが開いて、誰かのさけぶ声がした。

「ここだ、ここだ、どうしたんだろう？　だれだ、スイッチをいじったのは？」博物館の番人であった。

答えるにはおよばなかった。モプシーは電光石火、番人の脚の間をくぐりぬけ、ドアを出て階段をかけのぼり、おもてへとびだした。そしてのこんの力をぎりぎりふりしぼって、広場の筋向いの公会堂へまっしぐらに向ったのだった。

19　二に金まいて

赤いびろうどの幕が上ると、煉瓦の壁を背にしてむきだしの舞台の上にあらわれたのは、一分のすきもない燕尾に白タイ姿のすらりとした赤毛の魔術師と、伝統的なラメ入りの助手装束にみじかいケープをほっそりした肩から羽織った少女とであった。コート掛けの移動スタンドが、彼らのもちだした唯一の道具立てだった。

マジェイアでは礼儀上、芸人が登場するたびにひとしきり歓迎の拍手が送られるのが慣わしだった。それが、このたびは一つもおこらなかったのだ。この他国者は何かこう指一本動かさぬうちから、すでにして会場の上にすっぽりと重苦しい呪いをかけてしまったかのようだった。

こんなふうに、空っぽの舞台にコート掛け一基のみで登場しようとは、魔術師たちにしてみれば前代未聞であった。

何しろその道の専門家ぞろいの会衆のこと、明らかにこの男のいわんとするところは見てとれたからだ。——この通り何も隠してはおりませんし、あなたがたのように小道具や鏡や隠し戸や照明を用いる必要もないのですぞ、というわけである。

そういえば、ひどく小粋にあみだにのせた帽子のつくる翳も、そこだけ明るすぎてひとを見透しているような謎めいた眼も、細面で大きな口をして鼻の上にしわをよせているところも、どことなくいたずらっぽい表情と相俟《あいま》って、同様の挑発的なものを感じさせるのだった。

暗がりにひそむ、例の観客という名の獣は固唾をのんだ。かくして両者、期せずして息をひとつに調えた無言の観衆と、台上からこちらを見つめる二つの不動の人影とは、一瞬はたと互いににらみあったのである。

演技はまずアダムが、それとわからぬほどのかすかな指の動きでもって、ジェインに合図を送ることからはじまった。それから魔術師は舞台の端に立ち、右手を顎にあて、左手でその肘を支えて、彼女を見守った。

ジェインは身をかがめ、まず彼に、つづいて観客の方にむかって一礼してみせた。それから控室で教わって稽古し暗記してきたとおり、がらがらとコート掛けを動かして、フットライトの近くまでもってゆくと、そこでこれがどういう品物であり、何に使われるものであるかを正確にご披露におよんだ。

ジェインはコート掛けをこっちに向けあっちに向けして、みんなに見えるようにし、手で叩いてその頑丈な出来具合を示し、それから十字に渡した腕木と柱とを台座からくるくると取外した。玄人はだしの手つきで、彼女は各部分をばらばらに分解し、しかる後にふたたび組立ててみせたのだった。

二階のボックスでは、偉大なるロベールがうなずいていた。「よし、よし、あの子があれだけやってのけられるなんて、誰が考えたろう？」

「いまや得意満面ってところだろうな」ピーターはそういったが、妬ましさにかっかと燃えるような思いをしていたのである。

最前列ではマルヴォリオが目をぎらぎら輝かせていた。いよいよ打って出るときが近づいたのだ。

さて、ジェインは繻子《しゅす》のケープをさっと肩からはずすと、裏表を示して、ぱたぱたとふるってみせた。つづいてそれをくしゃくしゃにまるめ、誰が見てもその中に何も隠されてはいないことがはっきり見てとれるようにした。それから下段の腕木にケープをひっかけると、この珍妙なセットを舞台中央に押してゆき、ふたたび会釈してから右手をふってアダムに合図してみせ、かくして昔ながらの流儀でいよいよ魔術師の側に注目を向けさせることにしたのだった。

フットライトのかなたの人々から、押えかねたような興奮の嘆息が耳にとどくのみか、ひしひしと肌にまでつたわってきた。

アダムはジェインのしぐさに軽く一礼してこたえながら、ささやいた。「よくやった！」それから、ひどくゆっくりした動作で白いキッドの手袋を脱ぎすてると、舞台の袖の見えないところにほうりこんでしまった。そしてしばし、むきだしの自分の手をあたかもはじめて見るもののようにつくづく打眺めてから、こんどは舞台をあるきながら、着ていた燕尾服を脱ぎにかかった。

会場自体の静寂の上に、演技者の無言が加わって、じりじりと人々の神経を圧迫しはじめた。ふつうなら魔術の上演には魔術師の口上というのがつきものであって、そのおしゃべりが人々をたのしませもすれば、時には関心を他にそらせる手立てともなっているわけだった。それが、このたびはただ静かな抑制された動きと、演技者のふしぎな眼にたたえられた、奇妙に人を虜にするような表情があるばかりだったのだ。

アダムはつづいて上衣のポケットというポケットを、正規のも匿しポケットをも含めて悉《ことごと》くひっくり返して見せたので、客席にはまたしても苛立たしげなざわめきが通りすぎた。あたかもこうして秘密の荷物の持運びに用いられる場所が全部からっぽなのを見せびらかすことによって、観衆および彼らの職業を侮辱するかに思われたのだ。

それからその上衣をもみくしゃにし、ついでにくるくると丸めてボール状にして両手に捧げ持った。見物の魔術師たちは、ついでにアダムがそのボールを消してしまうのではないか、それならそれでしゃれた手品だが、などと考えたものの、しかしその期待は裏切られた。アダムはそれを舞台のあちら側のジェインにほうり、相手はたくみにそれを受止めた。

ジェインは上衣をふって皺やしわをのばし、背や裾をととのえた上で、コート掛けの上段に吊るし、脇へ退いた。

アダムはシルクハットをぬぐと、二十歩ばかり下ったところからほうって、それをコート掛けの天辺にひっかけた。帽子はそこで三度ほどくるくると回ったすえに、やや後寄りに落着き、これでからっぽの内側が人々にも見えるようになった。このちょっとしたお慰みは会場の緊張を一瞬和らげるのに役立ち、ほっとした声やくすくすいう笑いもおこった。はりつめて見守っていた人々は、ここではじめてくつろいだ思いでシートに凭《もた》れかかったのだった。

コート掛けが注目の的になった。満場の老若男女はまたしても否応なしに、ほとんど耐えがたいまでの期待のとりこにされてしまったことを感じた。一体全体何がはじまるのだろう？　魔術師も助手も、それぞれに着ていたものから舞台の長さの半分も隔ったところにいて、何ができるというんだ？

メフィストがマルヴォリオとフスメールにささやきかけた、「こちらがいただいたも同然だな」

「しっ、おれの合図を待ってってんだ」とマルヴォリオ。

偉大なるロベールは夫人に小さな声で、「コートを着ないところを見ると、鳩は使わぬ気だな」

ところが、やはり鳩だった！　少くともはじまりは鳩だったのだ！

アダムはうやうやしく右手をあげると、舞台の中央の道具にむかって、やさしく、いたわるような、ほとんど宥《なだ》めすかすような手ぶりをしてみせた。あたかも何かを解き放つといった感じだった。

客席のだれかがあっと声をあげ、指さした。からっぽの燕尾服の内側、片方の襟の折返しあたりから、一羽のまっ白な孔雀鳩が頭をのぞかせたのだ。鳩は一瞬、そのまたたきせぬ桃色がかった瞳であたりをうかがうと、やがて飛び立ち、そのあとからすぐさままた次の鳩がつづき、三羽、四羽……としだいにふえていった。

上衣からはこうして何百羽となく鳩があらわれ、引きもきらずに飛立っては会堂中をばたばたいう羽音でみたし、おかげで空気そのものが震えだしたかとも思われるほどになった。舞台から飛立った鳩は舞いめぐり舞い上り、縦横十文字に飛び交い、堂々たるシャンデリアをすいすいくぐりぬけた。

客席の魔術師たちはこの鳩の洪水にぽかんとしてすわったまま、首を反らせて天井の白い翼の雲を見上げていた。耳にはそのざわざわいう羽音がみちみち、飛びすぎるその翼の風が頬をかすめた。

鳩の舞い立ちがおしまいになると、アダムはいま一度、指でさし招くようなふりをした、と今度はジェインのケープの襞から、ありとあらゆる種類と彩りの小鳥が次から次へ飛びたちはじめた。ひわ、駒鳥、雲雀、あとり、カナリヤ、ひたき、うそ、せきせいいんこ、かわらひわ、蜜吸い鳥、うぐいす、蜂鳥、虫喰い鳥、夜鶯、小さなつぐみ、紅冠鳥、高麗うぐいす、そして頬白のさえずりがあふれだした。

赤、青、緑、淡黄、紫、黒、灰色、そして輝やかしいオレンジの、めまぐるしい華やかな乱舞に加えて、歌声の交響楽がおこったのだ。

くぐもり気味の低い鳩の啼き声をバックに、さえずり交す小鳥たちの声はいよいよ高まり、会堂をえもいわれぬ甘美なコーラスでみたした。さながら音楽会にフルートやヴァイオリンの音や、胸に沁みいるようなはるかな鈴の音が加わって、人々をうっとりと魅了し去ったかのようだった。

アダムが三度目に手を動かした。すると今度は蝶があらわれた。

シルクハットの中から、紙吹雪のように蝶が舞い出てきたのだ。ひめあかたては、オレンジ紋蝶、蛇の目蝶、黄あげは、きべりたては、青蝶、黄蝶、せせり蝶、孔雀蝶、あかたては、一文字蝶、まだら蝶、虎斑蝶《タイガー》、真珠蝶《パール・クレセント》、春青蝶《スプリングアジュール》、そしてアフロディット、紋といい縞といい斑といい、波型の羽、円い羽、濃淡色さまざまのありとあらゆる蝶たちが、ちらちらひらひら、はてしもなくつづいて出てきた。

老いも若きももはや区別はなかった。目という目はことごとくこの頭上で織りなされる舞羽のタピストリに釘付けにされた。白鳩の形づくる背景の上に、目もあやな鳴鳥の優雅な流れをあしらった極彩色の天蓋があり、そこにあでやかなあかるい蝶の羽のひらひらと移ろい飛び交うさまは、豆電灯の点滅にも似た効果があった。

魔術師たちは呪縛されたようにすわりつづけていたが、子供の見物客たちは、頭上のきらめく美をいささかでもわが手にとらえようとするかのように、手をさしのべて愛らしい蝶の行方を追ったりした。

けれどもそれは、しだいに公会堂の円天井めざして高く高く舞い上ってゆき、透明な大シャンデリアのあたりにしばし蕩揺《たゆた》ったかと思うと、鳥影はようやく霞み、うすれはじめ、空中にたちのぼる煙のように小さく淡くなって、ついには消え失せてしまった。蝶たちが殿《しんがり》であった。円天井は一瞬、スポットライトに照し出された蝶たちの目を射るばかりの虹色の火でみたされ、つづいて空っぽになった。羽音は消え、最後に一声、ひばりの囀《さえず》りがひびいて、そして静寂に還った。

観衆の注目は徐々に舞台の上の二つの人影へとふたたび引戻された。目をきらきらさせ、興奮のあまり半ば口をあけたままのジェインと、相変らず秘密のいたずらにふけるような謎めいた表情をただよわせたアダムと。アダムはやおらコート掛けまでの二十歩ほどをあゆみ、少女の絹のケープをはずすと、一、二度振ってみせてからジェインの肩にかけてやった。

ジェインはお返しに燕尾服をアダムにさしだした。彼はそれを着て、きちんとなりを整え、内ポケットからまた別のキッドの白手袋をとり出して手にはめた。それから二人はそろって前にすすみ出た。ジェインはこのたびは深々と身を屈めて会釈し、アダムはアダムで頭を下げた。

けれども、さきほどニニアンの演技の終りに襲ったような拍手喝采の嵐はひとつも起らなかった。そのかわりにどこか会堂の奥の方から、男の声で、「うそだ、こんなことができるはずがない！」とさけんだ者がある。つづいて女の金切声で、「魔法使！」という叫び声がした。

最前列の席のマルヴォリオは、こけた頬を蒼白にしてひきつらせ、ちょぼ髭をふるわせながら立ち上ると、アダムを指さしてわめいた。

「こいつを告発する！　おれたちの仲間なもんか。悪魔だ、殺しちまえ！」

かねて示し合せの合図であった。恐怖のささやきが観衆の中を走った。けれども非難の声が十分に高まるまえにというか、会場中にちらばっていた手先の者共が非業に打って出るまえに、いまひとつ奇妙な番狂わせがあった。

まず劇場の後方からひとしきり甲高い啼き声がひびき、つづいてぱたぱたと慌しい足音がした。そして小さな犬ころが中央の通路をまっしぐらに突進んできたのだ。その勢いたるや顔中の毛を悉く後に吹きなびかせ、おかげでいまはじめてその面貌が完全にあらわになったのだった。

矢のように走ってきたモプシーは、オーケストラ席を軽々ととびこえ、一気に舞台へとびあがると、アダムの腕にまっしぐらにとびこみ、喘ぎながら、主人の顔をなめまわし、泣くのと笑うのとしゃべるのと、何もかもいっしょくたにぶちまけた。

「逃げだしたよ！　とっつかまってたんだ！　あんたは無事だった？　あいつら、あんたを殺すっていってたぜ。マルヴォリオが合図するんだってさ。やつら、博物館にぼくを閉じこめやがった。逃げ出そうとしてそりゃ苦労したぜ。ニニアンのやつ、ピクニックのことから金魚鉢のことから洗いざらいしゃべらせられたんだ。やつら、毛布をおっかぶせてぼくを誘拐しやがった。だけど一言もしゃべらなかったよ。やつら、あんたの魔法のおかげで、自分たちの商売が上ったりになって、破産するんじゃないかと思っておびえてるんだ。マルヴォリオの奴、あんたがおかしな真似をしたら首をちょんぎってやるっていってたよ。ぼく、電気のスイッチを引いたら、博物館中の怪物が生き返って襲いかかってきて、だれかがやっとドアを開けてくれたんで、とびだしてきたんだ。ああよかった、アダム、うまくまにあって！」

だが、無念、モプシーはおそすぎたのだ。なぜならすでに会場の隅々、右、左、中央、さらに桟敷席にいたるまで、マルヴォリオの一味の煽動者たちの配置されたところから口々に叫び声が起っていたのだった。

「妖術だ！」

「魔法使め！」

「殺せ！」

「黒魔術！」

「死霊使いだ！」

「やっつけろ！」

「悪魔学だぞ！」

「叩き殺しちまえ！」

「犬もあやしいぞ。しゃべる犬だ！」

「両方ともやっつけてやる！」

観衆の中の気弱な分子でも、すでに噂を聞き及んでおびえ苛立っていたところへもってきて、これだけ煽りたてられれば、流血を欲しはじめるに十分であった。そしてひとたび忌わしい暴徒の心情が目覚めさせられたが最後、もはや抗うすべはなかった。あっというまに、人々は一丸となって立上り、舞台にむかって押寄せてきた。自制心を失った群衆がばたばたと席をたたんで動きだすおぞましい物音がおこり、口々に叫び、わめき、ののしる声はさながら野獣の咆吼《ほうこう》と化した。会場のライトが憎しみにひきつれた顔を照らしだす中を、魔術師たちはおそるべき疾さで足音たてて通路にとびだし、アダムめがけてじりじりと迫ってきたのだ。

偉大なるロベールは自席からしきりに群衆を押止めようとしてどなっていた。「やめなさい！　やめるんだ！　ほんとに魔法使なら、裁判にかけなくちゃならん。わたしにまかせてくれ!」

ざわめきをこえて、ひときわ高くマルヴォリオの声がひびいた。「裁判だと? 笑わせやがる! 手遅れだよ、ロベール、あんたは失格だ。おれが指揮をとる! さあ、こい、皆の者、やつをとっちめろ!」マルヴォリオはそういうと一気に舞台へとびあがろうとしたが、のぼせていたためにもんどり打ってオーケストラ・ボックスにころがり落ちてしまった。一瞬後には暴徒の第一波もつづいてころがり落ちた。

モプシーは身をもがいてアダムの腕からとびだし、舞台の前方に走り出て、総毛をさかだて、わんわんきゃんきゃん吠えかかって行った。

アダムはジェインにいった。「早く! 父さんのところへお行き。ニニアンがよけいなことをしゃべったんだ」

「いやよ、離れたくないわ!」ジェインはさけんだ。

ニニアンのすがたが、人波を押しとどめようと必死で腕をふりあげ、わめきたてているのがちらと見えた。「やめろ、やめろ、やっちゃいけない! あいつに罪はない! とまれ! 引返せ!」そういいながら道をさえぎろうとしていたのだ。会場の反対側では、白髪のアレクサンダー教授がおなじことをしていた。暴徒は彼らにぐんぐんのしかかっていった。このまますすめば、次の瞬間にはオーケストラ・ボックスにころがりこんだ人々の身体を踏みこえて、舞台にのぼってくるにちがいなかった。

「ジェイン、よく言った！　こわがりさえしなけりゃ、誰も手出しできるものか。そのままじっとしていろよ」そういうと正面切って押寄せる人波にむかい、フットライトのもとまですすみでると、床板を踏みならし、割れ鐘のような声をとどろかせた。

「待った！」

人波の最前列にいた人々は一瞬たじろぎ、そこへ他の連中が後からぐんぐんつめかけてくるにつれ、さまざまな叫び声が入りみだれた。「とまれ！」「おい、気をつけろ！」「あいつ危険だぞ！」「武器を持っているかもしれん」「手向うつもりか？」などと。

事実、攻撃は一時的に食い止められた、というのは、マルヴォリオが不意に姿を消してしまったので、指導者を失ったかたちらしかった。

「上を見ろ」アダムはそう叫び、天蓋の中央から下った巨大なシャンデリアのぎらぎらとまばゆく照りかがやいているあたりを指さした。

その声といいしぐさといい、落着きようといい、有無をいわせぬ堂々たるところがあったので、一同の眼はひとしく天井を仰ぎ見た。ついいましがた魔法の鳥たちが通りぬけて消え失せていったばかりの、その天井であった。

何かが落ちてくるところだった。落ちるにつれて、それはきらきらときらめき、そして後の端の座席にぶつかって、まぎれもない純金のみの示す、ちゃりんというすずしいひびきとともに床にころがった。

とびついていった魔術師の一人が、拾いあげてあっと声をあげた。「やあ、金じゃないか！　百ティンガル金貨だ！」

だれかがさけんだ。「さわるな！　うそだ、贋金だ！　呪いがかかってるぞ！」

「そうでしょうか？」アダムがいった、「もいちど見てください」

金貨がもう一枚、天井からきらめき降ってきた。それからまた一枚、また一枚。一枚はフスメールとメフィストのあいだに落ちた。

ふとっちょフスメールはとびついたが、メフィストにおしのけられた。「気いつけろ！　おれのものだ！」メフィストはいい、拾ったものをあらためて見て、さわぎだした。「ほんものだ、ほんものだ！」

「そうですか、そりゃよかった」アダムは大声で、「そんならですが、みなさん、わたしのおかげで金稼ぎができなくなるんじゃないかとひどくおびえておいでのようですから、せいぜいどなたにもたっぷり行きわたるようにいたしましょう」

このことばと共に、上からは黄金の雨がふりそそぎはじめ、大判の百ティンガル金貨が天下ってきては、ちりんからんじゃらじゃらと音立てて通路や座席のあいだにはね返りころがったのだ。一瞬のちには観客の中でだれひとりつっ立っている者はなかった。全員が四つんばいになって、かきあつめ、つめこみ、あらそい、ひっつかみ、ひっかきしていた。だがこの高価な黄金の洪水は、何もマジェイアの通貨ティンガル貨幣とばかりはかぎらなかった。いまや世界中の金貨が雨あられとふりそそぎつつあった。フィレンツェのフロリン金貨も、ヴェニスのセクィンもデュカも、ロンバルディアのソリダスも。中にはシャルルマーニュのオボール貨もバヴァリアのグロッソ貨もあれば、英国の古金貨ノーブルやエンジェルやゴールド・クラウンやスペード・ギニーや、スペイン渡来のずっしり重いダブロンやペソ貨もあった。さらに古くはギリシアの金貨ステイタや、アレクサンダー大王の四ドラクマ貨やダリウス大帝やアクバルのモウルまでまじっていた。

この椀飯振舞《おうばん》には、近年のオーストリアのターレルも、フランスのルイ金貨も、イギリスのギニーも、オランダのギルダーも、ドイツのマルクも、イタリアのリラも、トルコのピアストルも、アメリカのゴールド・イーグルも、いずれもぴかぴかの鋳造ほやほやでふくまれていて、さながら世界中の金銀財宝がばらまかれたの感があった。

マジェイアの市民たちは、貴賤の別なくひたすらそのために闘った。床にころがったり他人をつきのけたり、手をひろげる者もあれば、上衣を脱ぎすてて袋代りに大判小判の雨を受止める者もあった。オーケストラ・ボックスではゼルボがメフィストの首根をしめあげて、その手から一つかみのスペイン貨メキシコ貨をとりあげようとしていた。アブドゥル・ハミドはフスメールの頭や顔をなぐりつけ、むりやりクシャンやマラバルやミゾールの硬貨を譲らせようとしていたが、よく見ればまわりにはまだシナやペルシヤやアラビアの古銭がどっさりころがっているのだった。

ロベール一家のすがたももはや桟敷席には見当らなかった。彼らもまたひざまずいてお宝をかきあつめていたのだ。ポケットがいっぱいになり、靴が金受けに動員され、スカートで袋ができ、帽子も縁までぎっしり黄金がつめこまれた。もはや誰ひとりとして舞台の方に目をくれる者はなかった。すべてを打忘れてお金の穫入れにいそしんでいたのだ。

さしもの金銀の嵐もようやくおとろえはじめた。どしゃぶりが勢いを減じ、ふつうの降りになり、こぬか雨になって、やがてすっかり上ってしまった。さいごの一しずくがぽつりと天井から降ってきてちゃりんと床にころがったのは、二人の魔術師が取組合いで争っているうちに、三人目がちゃっかりポケットに納めてしまった。これですべてが終ったのだった。

金貨をどっさり背負いこんだ人々は、半ば夢見心地のまま、ようやくのろのろと床から身をおこした。髪は乱れ、衣服は破れ放題で、たがいに隣りの者と疑り深いまなざしを交しあい、自分の集めたものを守るためにはふたたび闘いも辞さぬぞといった身がまえで。

理性が少しずつもどってきた。

人々はいましがたの熱中を思いだし、それからこんな気紛れな事件にまきこまれるまでは何が肝腎の問題だったのかを思い起した。――この市に潜入してきて、自分たちの生活の糧をおびやかした、あの危険な魔術師のことだ。しかし、一同がふたたび舞台に目をやったとき、そこにはただジェインが一人、きらきらした助手用のコスチュームと派手やかな繻子のケープにつつまれてぽつんと立っているばかりだった。ただのアダムとその犬、ものいうモプシーは、すでに消え失せていたのだ。

20　三にさっさと出発だ

最初にアダムらの失踪を見つけたのはメフィストであったが、これが彼であって計画の首謀者たるマルヴォリオでなかったというわけは、当のマルヴォリオ自身もすでにこの場には居合せなかったからだ。オーケストラ・ボックスの底に、彼は首根をへし折られて死んで横たわっていたのだ。だがそれが確かめられたのは、ずっと後になってからのことだった。

さてかようなわけで、舞台を指さしながらさわぎだしたのはメフィストであった。

「やつら、いなくなっちまったぞ！　このまま行かせちゃならん。おれたちに金貨をつくってくれるんだから」

戦利品の重荷にもかかわらず、メフィストは舞台によじのぼると、ジェインのまえにおどすように立ちはだかって、叫んだ。「おまえだ！　おまえ、やつらを逃がしてやったな。さあ、どっちへ行った？」

ジェインはしかし、びくともしなかった。何かこうなつかしい声が耳もとでささやきかけているような気がしたからだ。「こわがりさえしなけりゃ、誰も手出しできるものか」それがほんとにきこえたものか、それともただ自分の頭の中でそう思ったのか、ジェインにはよくわからなかった。ジェインはいった。

「どこにも行きゃしないわ。あのひとたち、ただ消えてしまっただけよ。でもそのまえに、アダムはさよならをいい、モプシーはあたしにキスしてくれたわ」そして、もう一言つけ加えたのだ。「あなたがたがあの二人を追払ったんでしょ」

「消えちまっただと？　ばからしい、このちびめ！　そんなことがあるものか！」メフィストはわめき、そこへゼルボ、フスメールおよびのこりの一味の者共《ものども》が加わった。「どっかにいるにちがいない。気がつかれずに遠くに行けるはずはない。やつはおれたちを全員百萬長者にしてくれられるんだ。くまなく探しまわって見つけだしてやろう。さあ、こい、者共つづけ！」

けれども事実、だれもアダムらを見かけた者はなかった。電気技師や大工や道具方や幕引きなどの裏方の面々も、もちろんみんな持場をほっぽりだして会場にとびこみ金貨争奪戦に加わっていたのだ。また、舞台の出入口係は出入口係で、ちかってそんな風体の男はここを通らなかったと断言した。

彼らは劇場中をひっくりかえし、抜け穴でも機械でも大道具でも、失踪の役に立ちそうなところはのこらず調べあげた。舞台の天井にものぼっていって、綱や滑車を片っぱしからためしてみたし、ステージの下の控室や通路や物置をうの目たかの目で見回った。ただのアダムとその連れ、ものいう犬のモプシーは、いかなる手段によってか、あたかもこの世にははじめから存在しなかったもののように、雲を霞と消え失せてしまったのだ。マジェイアの人間のうち、だれひとりとして、彼らがどこへ、またどうやって消えて行ったかをいいあてたものはなかった。ただあの魔法使のふらせた黄金の雨によって手に入れた高額の金貨と、そのおかげでほとんどマジェイア中の家庭が多少とも財をなしたという事実だけが、アダムがかつて存在したことと、自分たちのアダムに対する仕打とを思い出させるよすがとして残ったのだった。

はじめのうち、人々は手に入れた宝を不安と疑いの目で見つめていた。彼らは天から降ってきたこの好運をそのまま信ずる気になれず、昔のお伽話にでもあるように、翌る朝目がさめてみたら大事なお金が石ころか石炭の塊に変っていたなどということが起らないでもないと思って、しばらくたってからでさえびくびくしていた。しかし一向にそのけはいはなかった。金貨はいつまでたっても純金のままだったし、どこからともなくころがり出てきた珍らしい古銭の類にも高価で買手がついた。偉大なるロベールの一家をも含めて、魔術師たちは大むね裕福になった。

とはいえ、こうしてある程度の財政上の安心はかちえられこそしたものの、なぜかしらこの市も住民たちも、どことなく昔とは違ったように思われたのだ。彼らの感じた違いとは、一種捉えがたい、これといって定義しかねるていのものであった。何かこう鳩尾《みぞおち》のあたりにわだかまっている一つの悲しみみたいなもので、どうしてもそれが消え去らないのだった。

自分では全く予期しなかった愚行や悪業にひきずりこまれたり、だまされて巻添えをくったりした人々がえてしてそうであるように、彼らは自分たちを惑わせた連中に非難の鉾《ほこ》先《さき》を向け、何とかして腹癒《はらい》せせずにはいられなかった。首謀者のマルヴォリオは死体で発見されたが、いいとこ厄介払いだったというのが、みんなの意見だった。

メフィスト、フスメール、ゼルボその他マルヴォリオの陰謀に加わった連中は、告発され、暴動の煽動と騒擾罪《そうじよう》に問われて獄に下ることになった。けれども、そうしたところで、人々が自分たち自身の人間的な弱味から一人の男を見損っていたのだという思いをやわらげるには何の役にも立たなかった。その男とは、その無垢の心ゆえに彼らよりもすぐれた超能力に恵まれていたのであって、こちらを傷つけるつもりは毛頭なかったのだ。魔術師たちは昔から、いつの日かほんものの魔法使があらわれて自分たちが悉《ことごと》く笑い者にされることをおそれ、高い城壁をはりめぐらして防衛につとめてきたわけであったが、その相手が事もあろうに素直なにこやかな若者にすぎなかったことが証明されたのだった。彼は自分たちの足許にひざまずいて、うやうやしく教えを乞うためにやってきたのだ。その彼を魔術師たちは爪はじきにし、彼は彼で報いるに金貨を以てしたのだ。市はしゅんとしてふさぎこんだまま、奇術の上演の楽しみもめっきり凋落《ちょうらく》したことが、芸人にも観客にも感じられるのだった。

ジェインはといえば、友だちのアダムを失ったこと、とりわけモプシーのいなくなったことが悲しくてたまらなかった。自分になついてくれたあの絹みたいな小犬を抱きあげ抱きしめてやりたくて腕が疼いた。モプシーのことを思って夜寝ながらこっそり泣くことも屢々《しばしば》だった。あこがれと悲しみに胸ふさがれ、ジェインは例の魔法の箱のことをすっかりわすれてしまった。

実のところ、ジェインの立場はすこしく前よりよくなってきてはいたのだ。たとえば、兄のピーターは、ジェインがアダムと組んで以来、彼女を少々こわがるようになっていた。あの蜂や蛇の襲来をピーターはわすれてはいなかったし、あの旅人がもしかしてあれとおなじ手の魔法を妹にたくさん教えこんだのではないか、その点が全く見当もつかなかったのだ。そんなわけで、彼女をいじめたり困らせたりすることもほとんどできなくなった。偉大なるロベールはいまでは娘に頭が上らぬ感じで、とりわけマルヴォリオの失墜とともに、市民たちがロベールに市長としてかつ首席魔術師として前にもまして重責を担わせるようになったために、よけいそんなふうだった。事実、アダムにお宿を提供するほどの好意を示していたことが知れわたってからは、ロベールはこの市に富をもたらす上で多少ともあずかって力あったということになったのだ。もともと抜け目のない政治家のこと、ロベールはわざとこの意見をみんなが信じるにまかせておいた。楽屋裏の真相をほんとに知っている者はただひとり、ジェインばかりだった。

それでも、こうして平和に気持よくすごせるようになったものの、それですらジェインの感じている喪失と孤独をみたすにはほとんど無力であった。魔術師になりたいというジェインのかねての望みも、あれきりぱったり憑《つ》きがおちたようだった。以前はさかんに稽古した品々にも手をふれようとさえしなかった。

あれから一年あまりもたった、十二月のあるすっきり晴れた日のこと、たまたまジェインは母に急ぎの用事を仰せつかり、市門からほど遠からぬところにある店へ出かけたのだが、その折ジェインはあの事件の当夜以来はじめてニニアンと出会ったのだった。

ジェインはもうすぐ十三になるところで、背ものび、美しくなっていた。いまではみにくいとかみっともないとかいっていじめられることもなく、もって生まれた美しさが花ひらいたのだ。ニニアンには二度とふたたび会いたくない、とジェインは思っていた。ああして気弱にもアダムを裏切っておきながら、ニニアンだって最後の土壇場ではアダムを救おうとして、もみくちゃにされて死にそうな目にあったのだ。そのことはジェインも承知していたものの、やはり気が進まなかった。ジェインの耳に入ったところでは、ニニアンはすっかり有名になって、公演の申込がどっとおしよせ、莫大な金を稼いだということであった。マジェイアの全市民のうちでも、アダムのみじかい滞在の恩恵を最も多く蒙ったと思われるのがニニアンだった。他国の舞台で彼が華々しい成功をおさめたというニュースはこの魔術都市にも届いていたが、それがいつのまに市にもどってきたのか、ジェインはまだきいていなかった。

そんなジェインではあるものの、しかしニニアンを見かけたときには、思わず胸がときめいたのだ。なぜならこの男は、杳《よう》として行方のわからなくなったジェインの親友たちの関係者であったし、その行方知れずのゆえにこそ、彼女の胸にはこんなにも空ろな穴がのこされてしまったわけだったからだ。ジェインはしかし、おどろいたこともおどろいた、というのは、ニニアンはもはや以前からの見馴れた服装ではなかった。魔術師のお定まりの礼服の代りに、いっそ時代遅れなハイキングのいでたちで、骨ばった膝頭の下まであるだぶだぶのニッカーボッカーをはき、黄と緑のやけにどぎついダイヤ模様の靴下に、重たい靴、肘とポケットに皮の切れをはった粗織ツイードの上衣を着、少々小さすぎる布帽子を頭のてっぺんにのっけていた。ついでながら、黒い長髪としょぼしょぼした口髭は、相変らず頬の左右にたれ下っていた。背中には重そうなリュックサックがくくりつけられていた。

　けれども、ジェインの抱きつづけていたニニアンに対する怒りや失望をきれいに吹き払ってくれたのは何かといえば、市の門番の傍らに佇んだニニアンのただでさえ憂鬱そうな顔が、常にもまして憂いをたたえて見えたことだ。ニニアンは悲しい、喰いいるような眼ざしで、しばし市の方をふりかえって眺めているところだった。いままで狎《な》れ親しんだもろもろのものを後にして立去るまえに、いま一目、いとしいそれらの姿をことごとく脳裡に刻みつけておこうとする男の眼ざしであった。ジェインにはなぜか、何もきかないうちから、ニニアンがいかなる理由によってか魔術およびマジェイアに永遠の別れを告げようとしているのがわかった。

「ニニアン、ニニアン！　どこへ行くつもり？」ジェインは大声あげてかけよった。
ニニアンはその声にふりかえり、一瞬目をかがやかせた。ジェインにあえてうれしかったのだ。

「ジェインじゃないか！　ずいぶん大きくなったなあ！　それにまた、めきめききれいなお嬢さんになってきて」そういうと、ようやくジェインの問いにこたえ、「これからアダムをさがしに行こうと思ってさ」

門番の老人はこのことばに耳をこすってたずねた。「アダム？　アダムだと？　だれだっけ？　おお、思いだしたぞ。帽子に羽根をさして、行儀のいい犬をつれた若者で、何でもみんなにどっさり金をもってきてくれたとか。わしがそいつを市に入れてやったんだ、それでいて一ペニーだってお目にかからなかったんだ。どっかへ行っちまったって話はきいたぞ。みんなここまで押しかけてきて、わしに外へ出してやったかときおった。そりゃ、出してやったりなんぞしたものかね。おまえさん、何であの男のあとを追っかけなくちゃならねえんだ？」

「だってぼく、あのひとを裏切ったんだから」ニニアンはこたえた、「ぼくは弱虫でひねくれで、もっといけないことには、あのひとに嫉妬してもいたんだ。さがしにいって、一言あやまって、ゆるしてもらわなくちゃならない。一生かかったってそうするつもりだ」

「でも、ニニアン、仕事や成功のことはどうする気？」ジェインが抗議した、「あんたはもうお金持で、有名で、みんなに期待されてるのよ」

「それはもうやめたんだ」ニニアンはこたえ、その悲しげな目に一瞬、誇りと決意のいろがみちあふれた。「二度とふたたび魔術はやらないつもりだよ。少くともアダムを見つけだすまでは」

ジェインはこの少々お頭《つむ》のおかしなのっぽの男にむかって腕をさしのべ、いままで彼のしたことを全部ゆるしてやった。「ああ、ニニアン、あなた、どうぞいっしょにつれてってちょうだい。あたしだってあのひとを見つけたい、それからモプシーも」

ニニアンは頭をふった。「だめなんだ、ジェイン、ぼく一人で行かなくちゃならない。きみはやっぱり家にいてくれなくちゃね。あのひとのことを誰よりもよく覚えているきみだ、大きくなって、みんなにあのひとのことを思い出させてやれるだろう」

「あいつ、ストレーン山脈のむこうから来たといっとったが」門番の老人が口をはさんだ。

「ぼくもそっちへ行くつもりだ」とニニアン。

「いや行けるものかね。あの山を越えたものは一人もないそうだ」老人はいい、それから声を低めてつけ加えた。「それに、山の向うに何があるか、だれも知る者はない。どんなおそろしいことがあるか知れやせん」

「それでもいい、門番さん、行かなくちゃならないんだ。開けてください」

番人はボタンを押した。青銅の扉がさっと左右にひらいた。ジェインはせがんだ。「ニニアン、おねがいだから、ちょっとだけいっしょに行ってもいいでしょ？」

門番のおどろいたことに、のっぽの魔術師は、ややためらったものの、やがてふりかえってジェインに手をさしのべて、こういったのだ。「いいとも、ほんとにそんなに来たいなら。でも、ほんのちょっとだけだよ」

二人が門をくぐるとき、番人はジェインに念をおした。「いいか、すぐ戻ってくるんだぞ。さもないと、あんたのおふくろさんにわしがとっちめられるでな」

「約束するわ。ほんとにすぐ帰ってきます」

門番はならんで道を下ってゆく二人を見送っていたが、まもなく二人はとある木立の丘へとつづく細道の方へ曲って行ってしまった。

「だってニニアン、これじゃ、あのいつかのピクニックの場所へ行ってしまうのに……」

ジェインがいいかけた。

「そうだよ、そのつもりだよ。あそこまでならいっしょに来たっていいさ。それからすぐ家へ帰るって約束してくれりゃあね」

「でも、どうしてあすこへ行ってみるの？」

「アダムの杖をおぼえてるかい？」とニニアン。

「そりゃおぼえてるわよ、もちろん！」ジェインはさけんだ、「あのひと、あれを樫の木の下につきたてて、そのあと帰りにわすれてしまったんだわ。それから、おぼえてて？あたしがそのことを注意したら、あのひと、おそらくもう杖なんかいらないだろうっていったのよ」

ニニアンはうなずいた。「その通りだ。じつはあれがいまでもあそこにあるか見にいって、もしあったらそれを持って行けば、おそらく杖がアダムのところへみちびいて行ってくれるか、何かのかたちであのひとをたずねあてるのに役立つんじゃないかと思ったのさ」

二人はならんで、だまって木立のなかの細道をのぼっていったが、そこはもはやこのまえたどったような緑のトンネルではなかった。いまではのこんのわくら葉が枯枝でからからと鳴るばかりの林であった。ときおりその一枚が風にふかれて舞いおちてきては、下の褐色の絨毯の上にちりしいた。足もとで踏みしだかれる落葉がかさこそと音をたてた。

あの台地がどんなありさまになっているだろうか、そしてアダムの杖はいまでもあるかどうか、ジェインにはわからなかった。ジェインはあやしい興奮をおぼえ、胸がこみあげてくるのを感じた。彼女はニニアンの方をちらと見やり、ニニアンもおなじように感じ、おなじことを考えているのかしらと思った。相手はしかしまっすぐ前を見つめ、頭をそびやかして、ひたすらわが使命のことしか念頭にないらしかった。

二人はようやく林をぬけて、丘の頂上へのぼりついた。草はまだ緑をとどめていたが、丈がのび、芝生はこんもりとなっていた。板囲いのそばのピーターのひそんでいた藪はすでに裸だった。樫の木は、きたるべき冬の雪にそなえ、葉を落し、むきだしの枝をおびだしく空にむかってさしのべて、よけい高貴にがっしりとしたようにさえ見えた。

時と季節の移り変りは農場にもきざまれていた。向う側の丘では農夫が土を鋤き返していた。牝牛たちは草をはんでいたが、牧場の羊の群れは体をすりよせあって、しきりに温めあっていた。干草の山が築かれ、黄色い玉蜀黍《とうもろこし》が内庭にきれいに車状につみあげられている。家鴨《あひる》や鵞鳥があいかわらず池にうかび、牝雞《めんどり》が餌をあさっている。納屋のわきには砂糖大根をつんだ車が引いてこられたところだった。そのそばでは雇い人がひとり、落葉をかきあつめて焚いているところで、その煙と香が二つの丘のあいだにただよっていた。

こうした情景に二人が見入っていたのは、ほんの一瞬で、こんどはさっそく木のもとを熱心にさがしはじめた。「ああ、杖はなくなってしまったわ」ジェインはひどくがっかりしたようすで、「だけど、見て、あそこに何か生えていてよ」

「ふしぎだ。行ってしらべてみよう」ニニアンがいった。

ところが、行ってみてわかったのだが、杖はアダムのつきたてたところにそのままのこっていたのだ。ただしそれはその場に根をおろしたらしく、磨きあげた握りのあたりから白いバラの花がおびただしく咲き出していて、葉も青々と、さながら春のさまであった。まだ蕾のも、これから綻《ほころ》びようとするのもあれば、半ばひらきかけたのもあり、あとはいまを盛りと咲きこぼれ、濃い香りをただよわせていた。

二人はだまって眺めながら立ちつくした。見紛うべくもないアダムの杖であった、というのは、二人とも、そのてっぺんの使いこんですべすべになった握りのあたりの形をよく覚えていたからだ。おまけにその把手にはアダムの名が刻みこまれているのであった。

ニニアンにはこのふしぎな木が、さながら励ましのことばであり、自分の使命にたいする承認のしるしかとも思われた。これから出かけるつもりの旅の成行についてひそかに抱いていたような疑念の類はこれで一掃されてしまった。アダムはどこかに生きており、その証拠として自分の樫の杖から白バラを咲出させてくれたのであり、こうしていま一度、物事不可能なことはないということを証しだててくれたようなものであった。この旅がどれだけかかるものか、またどれほど遠いものか、ニニアンにはわからなかった、いやそんなことはもはや問題ではなかった。

魔法のひと！　魔法の犬！　魔法の杖！　ジェインはいつぞや、みずみずしいかぐわしい一輪の白バラが、ビロードの花びらに一しずくの露をふくんで、ほかでもないこの杖から咲き出でた日のことを思い出し、すると友人たちにたいするなつかしさが胸にこみあげてきて、目には涙さえうかんできた。彼女はニニアンにせがんだ。「ね、おねがい、おねがいだからあたしもつれてって」

おどろいたことにニニアンは、すぐには返事もしなければ、彼女の願いを斥けようとするでもなかった。あげくのはてにようやく口をひらいたときには、彼はもはやジェインを子供扱いせずに、重々しくこう言い渡したのだ。

「いけない。あなたはここにとどまるべきだと思う。いいですか」とここで彼はバラの木を指さし、「ここにいて、あのバラの守り手にならなければ。わかるでしょう。そしても し、マジェイアの人たちがアダムのことをわすれたり、あれはみんな一種のトリックだったなどといいだしたり、もっとわるいことに、そんなことは一度も起らなかったんだなどといいだしたりしたときには、あなたがみんなをここにひっぱってきてやればいい。そしてみんなが自分の目でこの木を見て、思いだしてくれればいい。ぼくはぼくで、いつの日か彼をたずねあてられるということがこれでわかった。きっとそうしてみせるからね」

「そのときには、ニニアン、あの二人をつれて帰ってきてくれる?」

「あのひとたちが帰りたがるかどうか、どうしてわかる?」ニニアンがこたえた。

「それなら、あたしが愛してるってことを、あのひとたちに伝えてね?」

「もちろんだとも、きっとそうするつもりだ」ニニアンはこたえ、「さあ、いよいよでかけなくては」

ジェインをおそった悲しみは、耐えがたいまでにはげしかった。ニニアンが行ってしまえば、ジェインをあの魔法使だったひとに結びつけているさいごの絆も断たれてしまうのだったから。彼女はやわらかい芝草に崩折れ、手で顔をおおって泣きじゃくりはじめた。

ニニアンはジェインの傍らにひざまずいた。ニニアンはいった。「ジェイン、泣くのはおやめ。あのひとはきみの友だちで、きみのことを考えてくれたんだ。あのひとはきみに大事な大事な贈り物をのこしていってくれたんじゃなかったのかい？——魔法の箱とかを？　きみはそれをどうしちまったんだ？　ぼくはその現物を一度も見ちゃいないが、きみの知ってるそのものがどういうものかはちゃんとわかってるんだ。なぜってあのピクニックの日、ぼくは眠ったふりをしてただけだからね。そうやってきみたち二人のことをスパイしながら、あのひとがその箱には何よりすばらしい魔法がこもっているって話してるのをきいてしまったんだ。きみが必要なときには、いつでもどこでもその箱にたのめば、あらゆる望みや願いを叶えてもらえるって。あの話、ほんとだろ？」

そうだ、魔法の箱とその用法のことを、ジェインはすっかり忘れてしまっていたではないか！

彼女は泣くのをやめ、面をおこし、気遣わしげにこちらにかがみこんでいる魔術師の顔を感謝にみちたまなざしで仰ぎみた。ニニアンは眉根にしわをよせ、いかにも心配そうだった。ジェインはニニアンに対して、あらためていたわりとやさしさがわいているのを感じた。彼はどうやら万事をごっちゃにして、アダムがほんとに蓋や留金やつまみやひねりなどのついた一種の箱みたいなものを彼女に与えたのだと信じこんでいるのだった。そうではなくて、アダムはただ彼女自身の頭のなかにあるすばらしい驚くべき能力と、それによって行われる魔法とを指摘してみせてくれただけなのに。ジェインはニニアンににっこり笑いかけた。「そうよ、ほんとだわ、ニニアン、思い出させてくれてありがとう」ジェインは立ちあがり、ニニアンもつづいてそうした。彼はジェインが泣きやみ、連れていってくれとせがまなくなったので、いかにもほっとした表情だった。「よかった、それじゃあ出かけなくては。かなりの長旅になると思うからね。さよなら、ジェイン」ニニアンはジェインにむかってかるく頭をさげ、いかにもあらたまった様子で握手をもとめた。ジェインはしかし、かまわず、とびついていってキスすると、相手は真赤になってまごつき当惑しながら、「は!」とか、「ふむ!」とか「よし、よし!」とか繰返したあげくに、とうとうきっぱりと、「さよなら、さよなら、ね、達者でいろよ」

そういうとニニアンはまわれ右をして、垣沿いに丘を下りはじめ、やがて谷底の道へ出て行った。ジェインは彼がはるか彼方に小さく小さくなるまで見送っていたが、とうとう曲り角にさしかかって、その姿はアダムとおなじく、永遠に失われてしまった。

ひとり残ったジェインは、眼下にひろがる農場の活気にみちたありさまに見入った。かつての魔法の紡ぎ場だったその場所では、鋤人がやわらかい土を鋤き返していた。アダムが魔法をかけたことを思い出させる鳥の群れは、地虫をついばみながら追いかけっこをしていたし、牝牛はのどかに牧場で草を食《は》んでいた。羊は物臭そうにじっと動かず、水鳥はVの字を池の面にきざんでいた。何もかも、あの日にはすばらしい魅惑的なものだったのだ。どうしてふたたびそうなってくれないわけがあろう。ただ時が流れ、季節が移り変っただけだ。しかしジェインの傍にはこのとおり、あたかもアダムの世界、そしてジェインのそれでもあるその世界では、あらゆることが可能であることを証明するかのように、樫の杖から白バラが咲き出ているではないか。

　魔法の力がふたたび、かの夏の日のように働きかけはじめた。ジェインの足もとには幾千となくどんぐりがころがっていたが、その一つ一つが彼女の頭上に生い茂っているような力づよい大木に変ることのできる魔法の小箱なのであった。魔法の牝牛たちは草から乳をつくる仕事にはげんでいたし、妖術使の羊たちはやがて人間のコートに変る毛皮のコートを紡ぎつつあった。家鴨のくゎっくゎっ啼く声も、牝雞のこっこっさわぐ声も、鳥たちおのおのの特技を思い出させた。そしてジェインの目のまえで、鋤をひく母馬のまわりをはねまわっている力づよい若駒は、あのときはほんのひょろひょろの子馬で、そのまえ、つまりこの世に生を亨けるまでは無でありどこにも存在しなかったものが、脚をはねあげ目をかがやかせて夏草のなかをころげまわっていたのだった。

ジェインは雲の模様を見ようとして空を仰いだが、今日はどんより垂れこめた天気だった。それでもそのヴェールのかげには太陽の魔法があり、空は青く、その青みの奥にはアダムの教えてくれたありとあらゆる天体や星辰や別宇宙や銀河や太陽系の宇宙があることが、ジェインには見てとれるのだった。足もとでは大きな栗色の毛虫が一ぴき、たくさんの足を動かしながら枯草の茎に這いのぼってきて、こちらをにらみつけた。ジェインはこの生きものにむかって指をつきつけながら、幼いころの呪文をとなえた。「ピグルディ＝ピグルディ＝パラバルー！　そのうちきれいな蝶々になって、自由に空をとびまわるでしょうよ」

それにしても、ジェイン自身の魔法はどうなったろう？　アダムの約束したすばらしい箱が、こちらがそのつもりになって利用しさえすれば、あらゆる願いを叶えてくれるのだということを、どうしてまた忘れたりなんぞできたのだろう？

アダムがはじめて彼女の部屋の窓辺にあらわれたあのとき、閉じこめられていたジェインははたして何を求め、何のために泣いていたのだったろう？　親譲りの魔術師として、自分の指がどうしてもいうことをきいてくれず、何度稽古してもも赤い玉を取落してしまうので、絶望の涙にくれていたところだったのだ。あれは四ツ玉という手先の早わざの稽古だったが、あのとき以来ジェインは一度もやってみたことがなかった。

ジェインは両手を目のまえにつきだして、つくづく眺め、そのそれぞれの拳にレッテルが貼られているさまを思い描いた。「できる」と「やってみせる」とである。その双方に彼女は鍵をあててことばを解き放つと、さながら「できる」と「やってみせる」の二つの火が全身を脈々と流れはじめたような気さえしてきた。このとき以来ジェインは自分がかならずやってみせるであろうことを知った。それは、旅人の杖にみずみずしい白バラが花ひらくこととおなじほど、たしかなことといってよかった。

ジェインはすでにみずからの魔法の箱の蓋を大きくひらいていたのだ。しばらく用いつけなかったために蝶番《ちょうつがい》が軋みはしたものの、箱の中からは思い出が次々とところがり出、あの忘れがたいピクニックの記憶がよみがえった。あの日、ジェインは自分をとりまく世界の諸々の見えざる魔法に生まれてはじめて目をひらかせられたのであり、その魔法こそは、マジェイアの賢い魔術師たちの発明にかかるどんな手品にもましてすばらしい、力づよいものなのであった。

アダムは「きみの」魔法について、何といったのだったろう？　そうだ、「目をつむれ」

といったのだ。

ジェインはかたく目をとじた。

つづいて彼はこういったのだ。「さあ、どこか他の場所のことを考えてごらん、まえに行って、たのしかったところのことを」と。

でも、どうして他の場所のことが考えられよう。自分はいま、これまでの全生涯のうちでいちばんたのしかったところ、アダムとモプシーとともに過したその場所にいるというのに？

ジェインはそこで、かがやかしい暖い夏の日のことを想像してみることにした。虫たちのとびまわる羽音や、頬にふりかかる日ざしや、牧場の草花の香を。彼女の目には、青草の上をひらひら舞ってゆく華やかな蝶や、銀色の羽ですいすいと空をとぶ蜻蛉《とんぼ》がうかんできた。すると、それにつれて彼ら、かのアダムとモプシーのすがたもジェインの傍らにあらわれた。あたりはふたたび夏なのであった。

ジェインは彼らを、あの日のすがたそのままに正確に呼び起すことができた。アダムはいつもの鹿皮服の上下に、雉の羽をさした帽子をあかるい赤毛の頭にあみだにかぶっていた。彼はふたたびここにあり、ジェインに笑いかけていた。謎めいた眼は微笑のしわのかげにかすみ、おどけた長い鼻も、おだやかな声も、そっくりそのままだった。

彼はジェインにこう語りかけていた。「ほら、ジェイン、きみも手に入れたんだよ。ただの、あたりまえの魔法を」

そして、モプシーだ。生きた毛糸の毬みたいなこの犬は、ジェインの腕にとびこんできて、しきりにもがき、嗅ぎまわり、やわらかい毛とつめたい鼻頭をジェインの頬におしつけていた。モプシーも、いつものように、笑いはしゃぎながら、さかんにしゃべりかけるのだった。

「心配するなっていってるんだよ、きみが好きなんだってさ」アダムが通訳してくれた。「ぼくら二人は、きみが来てほしいと思ったときにはいつでもやってくる。きみはもうその呼びよせかたを学んだのだからね。それじゃあ、いいね」アダムはことばをつづけ、「それじゃあ、またきみが呼びだしてくれる日まで、モプシーとぼくは二人の旅をつづけることにしよう。さよなら、ジェイン。さあ目をおあけ」

ジェインは目をあけた。彼女はふたたび丘の上にひとりぽっちだった。農夫は畑のあちらの端までを鋤き終り、雇い人は焚火の灰をまきちらしにかかり、番犬は牝牛の後から吠えながら、牛たちを家路にいそがせていた。

ジェインの胸には歌があった。彼女はまわれ右をして、遅くはなりませんという約束をまもるために、スキップしながらもと来た道を下っていった。

あとがき

『ほんものの魔法使』(原題 The Man who was Magic) は、ポール・ギャリコの一九六六年に発表した小説です。作者ギャリコは一八九七年アメリカ生まれ。長らくスポーツ記者をつとめたあと作家生活に入り、いまではヨーロッパにあって、ゆたかな経験と奔放な空想力をもとに、老いてなお衰えを知らぬみずみずしい筆勢を保ちつづけています。

代表作としては、出世作『白い雁』(一九四一) のほかに、『雪のひとひら』『ジェニー』『トマシーナ』などがあり、映画化されて有名になったものに『ポセイドン・アドベンチャー』『リリー』そのほか子供向の作品として『トンデモネズミ大活躍』などがあります。

＊

魔術師、魔法使――そもそもマジックということばは何を意味するのでしょうか。マジェイアの人々が信じているように、黒魔術も超能力も、すべては種明かしのできるトリックにすぎないのでしょうか。この作品自体がそうした合理主義的思考への、いかにもギャリコらしい真向からのユーモラスな挑戦といえるかもしれません。

*

なお、奇術の専門用語の訳しかたについては、田中潤司氏のご教示を仰ぎました。田中氏、およびお世話になった大和書房の方々に、紙面をかりて一言お礼を申し上げます。

一九七六年春　訳者

再版に際して

この拙訳が出た直後の一九七六年七月、作者ギャリコは心臓発作のため七十八歳で惜しくも世を去りました。おくればせの哀悼の意をこめて、つつしんでこの再版をギャリコに捧げます。

一九七八年秋　訳者

解説

「ほんもの」の魔法

井辻朱美

初めてこの本を読んだのは、大学二年のころ、奥付を見ると、どういうわけか(今はどこにあるかもわからない)蔵書印がべったり捺してある。それくらい、新しいファンタジーに飢えていたということかもしれない。

真夏のかがやかしい光の中、魔法都市マジェイアにやってくる、犬をつれた若い旅人。犬はものいう犬で、旅人は「ほんものの魔法使」だ。中世の面影を残すこの街で行われる魔術大会は、魔術師の名匠組合の加入試験でもあり、外の世界から来たよそ者はこのコンテストに参加し、旧態依然とした魔術師(実は手品師)たちの世界観を覆す。

構成はちょうどワーグナーの楽劇『ニュルンベルクのマイスタージンガー』において、フランケンランドからやってきた若い騎士ワルターが、親方の娘を射止めるために、歌の名匠組合の加入試験に飛び入りするのと似ている。どちらも、伝統的規則やその組織内での常識とは相容れない、「ほんもの」の魔法や芸術をになっている。そして、コミカルな敵手（全能マルヴォリオやベックメッサー）の妨害工作にもかかわらず、その術のオリジナルの（真実の）姿を示すことで、人々の目を開かせる。

だが、この物語ですてきなのは、ふたつのマジックの世界だ。マジックという言葉は、魔法であるとともに、手品・奇術をもさす。旅人アダムの見せる「ほんもの」の魔法はもちろんすばらしいが、それをテクノロジーやスキルによって模倣してみせる、いわばヴァーチャル・リアリティの「マジック」（手品）の世界だって、実はすごくないか。

初めて本書を読んだときのわたしは、魔法などを実は信じていない俗物たちが、魔法を貶めるような（魔法の不可能を証明するような）奇術に精を出している世界を、「ほんもの」の魔法が打破する、というテーマに感動していた。けれども今は、「ほんもの」の魔法とは、アダムが少女ジェインにこんこんと説いて聞かせるように、存在しても当たり前すぎて人の目につかなかったりするものだから、それを目に見えるようにするための「マジック」はむしろ必要だし、それこそが「魔法」を思い出すよすがであり、「マジック」がなかったら、「魔法」という概念も忘れさられるのではないか、と思っている。「魔法」を思い出させるからこそ、「マジック」は濃密な夢の世界であり、泡坂妻夫はじめ何人ものミステリ（つまりもっとも人工的な文学である）の作家が、マジックの世界を舞台にしているのであろう。

そんなふうに逆の読み方もできるようになったのは、やはり映像をはじめとするテクノロジーの進歩によって、ヴァーチャル・リアリティがわたしたちにかろやかに提示されるようになり、またそれによって、魔法ファンタジーの作品がさらに大流行するという昨今の状況のためかもしれない。

『ほんものの魔法使』に出てくる、魔術師名匠組合の面々のわざのすばらしさによって、ひとびとは「魔法」の（ほんとうの）ありかたを予感させられている。種や仕掛けがあっても、かまわない。種や仕掛けがあると思いながらも、市民が魔術大会を楽しむのは、そのためだ。そこへ、アダムがやってきて、いともかんたんに割れた卵を元にもどしてみせるものだから、その種をめぐって大混乱が起きる。しかしアダムの世界では、魔法は「ほんもの」であるのが当たり前だから、かれは、むしろそうでない機械仕掛けの魔法のほうに驚くことになる……。

だが、問題は微妙でもある。いったい、ほんものの魔法だと人々が感じるのは、どんぐりから大木が育つことなのか、それとも、ローブから祝福のごとく鳥が飛び立つことなのか。魔法イコール奇跡、とするならば、手品師たちこそ、むしろ非日常の「奇跡」を夢見た魔法使の末裔なのではないか。

そんなことを思いつつ読み進めるうち、後半でものいう犬のモプシーが閉じ込められるマジェイア魔術博物館の描写には、いちだんと感興をそそられた。古今東西の魔術用具と並んで、ここには自動人形がわんさか陳列してある。

区郭の一つには、いにしえの創意さかんな魔術師たちの造りあげた模型人形の数々がどっさり集められていた。巨人、矮人、甲冑をつけた戦士、ジプシーの占い師、チェスをするトルコ人、トランプをする赤い悪魔、頭骸骨、道化役、機械仕掛の馬、支那の龍など、何でもござれで、いずれも薄暗がりの中にひっそりと、身じろぎもせずに置かれていた。

この人形たちがいきなり動き出して、大変な狂態を繰り広げるので、「ほんもの」の犬であるモプシーは周章狼狽して悲鳴をあげて駆け回るのだ。芸術（工芸・テクノロジー）は自然を模倣し、ある意味では自然を超える。そして、それがために、自然の不思議をさらに深く、わたしたちの心に刻みこむ。そういう逆転がある。たとえばゴジラがいなかったら、子どもたちは恐竜の神秘にどれだけ思いを馳せることができただろう。

ポール・ギャリコは一八九七年にニューヨークで生まれ、子ども時代から作家を志したが、一時医学部に籍をおいたり、アメリカ映画審査局の仕事をしたり、スポーツライターをしたりと、さまざまな経験をへている。デイリー・ニュース社の記者生活のあと、三十九歳で作家専業となり、『まぼろしのジェニー』『まぼろしのトマシーナ』などの猫を主人公にした変身、転生物語、女性の一生を雪片に託してえがいた『雪のひとひら』、多重人格を思わせる人形芝居の親方と人形たちと若い娘の物語『七つの人形の恋物語』などのファンタジーの傑作のほか、映画化された『ポセイドン・アドヴェンチャー』や『ハイラム氏の大冒険』などの冒険小説、ミステリとしては『幽霊が多すぎる』などがある。みずから映画脚本も多く手がけた。またボクシングをするカンガルーを主人公にした『マチルダ』や『モルモットから来た手紙』、児童文学の『トンデモネズミ大活躍』など、動物好きの性格は多くの作品に見てとれる。一九七六年にモンテ・カルロで没。

この多彩なラインナップの中で、わたしが特に好きなのは、ファンタジーでは本書と『七つの人形の恋物語』、そしてもうひとつは、おばさん文学の名作ともいうべきハリスおばさん四部作だ。第一作の『ハリスおばさんパリへ行く』は、階級社会イギリスのロンドンに住むお掃除おばさんのハリスさんがこつこつとお金を貯めて、某有名ブランドのドレスを買いにパリへ行き、持ち前の明るい性格から、公爵やオートクチュールのマダムの知遇を得て、一挙にセレブになってしまうという、おばさんシンデレラ物語である。いま読んでもじつに楽しい作品で、当時（一九五八年）の社会そのものが、古き良きディズニーランドのようにも見えてくる。

この『ハリスおばさん』を含め、ギャリコの作品にはどれも、新聞記者らしい社会への風刺の目が効いている。それが作品のまとまりをよくしすぎているきらいがあるかもしれないが、どの作品も背景となる社会がきちんと書きこまれており、そうした面も捨てがたい。作品ジャンルの多彩さ、舞台のグローバルなことも、ジャーナリストとしての経験ゆえだろう。そして特筆したいのは、いくつかのファンタジー作品に故・矢川澄子の名訳が残されていることだ。本書はその筆頭、白眉ともいうべきだろう。

魔術師たちの珍妙な屋号や、街に漂う中世ヨーロッパの雰囲気、そしてジェインの心に永遠に残る、真夏のうっとりするようなまどろみのひとときを、じっくりと味わっていただきたいと思う。

この作品は一九七六年五月二〇日、大和書房より刊行されました。

本作品の内容の一部には、今日の人権意識に照らして不適切と思われる表現がありますが、作品の文学的価値と、訳者が故人であることを鑑み、そのままとしました。

猫語の教科書　ポール・ギャリコ　灰島かり訳

ある日、編集者の許に不思議な原稿が届けられた。それはなんと、猫が書いた猫のための「人間のしつけ方」の教科書だった…⁉　（大島弓子）

グリム童話（上）　池内紀訳

「狼と七ひきの子やぎ」「ヘンゼルとグレーテル」「灰かぶり姫」「赤ずきん」「ブレーメンの音楽隊」、新訳「コルベス氏」等32篇。新鮮な名訳が魅力だ。

グリム童話（下）　池内紀訳

「いばら姫」「白雪姫」「水のみ百姓」「きつねと猫」などに「すすまみれ悪魔の弟」など新訳6篇を加え34篇を歯切れのよい名訳で贈る。

クラウド・コレクター〈手帖版〉　クラフト・エヴィング商會

得体の知れない機械、奇妙な譜面や小箱、酒の空壜……。不思議な国アゾットへの驚くべき旅行記。単行本版に加筆、イラスト満載の〈手帖版〉。

すぐそこの遠い場所　クラフト・エヴィング商會　坂本真典写真

遊星オペラ劇場、星屑膏薬、夕方だけに走る小列車、雲母の本……。茫洋とした霧の中にあるような、懐かしい国アゾットの、永遠に未完の事典。

ケルト妖精物語　W.B.イエイツ編　井村君江編訳

群れなす妖精もいれば一人暮らしの妖精もいる。不思議な世界の住人達がいきいきと甦る。イエイツが贈るアイルランドの妖精譚の数々。

ケルト幻想物語　W.B.イエイツ編　井村君江編訳

魔女・妖精学者・悪魔・巨人・幽霊など、長い年月の間、アイルランドの人々と共に生き続けてきた超自然の生きものたちの物語。

ケルトの薄明　W.B.イエイツ　井村君江訳

無限なものへの憧れ。ケルトの哀しみ。イエイツ自身が実際に見たり聞いたりした、妖しくも美しい話ばかり40篇。（訳し下ろし）

短篇集　妖精族のむすめ　ダンセイニ　荒俣宏編訳

神が野獣に変身し、瀕死の魂がオアシスを求めてさまよい、都市は突然発狂する——虹色の幻想世界を描き出すダンセイニの短篇集。　（荒俣宏）

魔法使いの弟子　ダンセイニ　荒俣宏訳

錬金術の神秘と、影を代償にした奇妙な取り引き、そしてスペイン黄金期のロマンスを織り合わせた長編ファンタジー。ケルトの〈黄昏の想像力〉。

妖精詩集　W・デ・ラ・メア　荒俣宏訳
妖精が舞い、小鬼がおどり、魔女はねむる、ふしぎな物語。香気あふれる妖精の詩61篇に愛らしいイラストを付けて贈る。本邦初訳。（阿見政志）

妖精物語の国へ　J・R・R・トールキン　杉山洋子訳
『指輪物語』の作者トールキンが、その深い学識と愛情を込めて妖精物語の謎を解き明かし、創造の神秘に迫る本格エッセイ。自作の詩劇も併録。

宇宙船とカヌー　K・ブラウワー　芹沢高志訳
宇宙船建造を夢見る父、大海を行くカヌーを夢見る息子。地上の全生命の囁きと夢が波紋を描き干渉しあう静謐なエコロジカルSF。（野田知佑）

火星の笛吹き　レイ・ブラッドベリ　仁賀克雄訳
本邦初訳の処女作「ホラーボッケンのジレンマ」を含む、若きブラッドベリの初期スペース・ファンタジーの傑作20篇を収録。（服部まゆみ）

妖精Who's Who　キャサリン・ブリッグズ　井村君江訳
妖精学の第一人者による、イギリス全土のきわめつきの妖精たち一〇一選。不思議な魅力に富んだイラストレーション付きの小事典。

リリス　G・マクドナルド　荒俣宏訳
闇の女王とは？　幻の土地とは？　夢に夢が重なる不思議な冒険。キャロルやトールキンも影響を受けた英国のファンタジーの傑作。（矢川澄子）

ファンタステス　G・マクドナルド　蜂谷昭雄訳
父の遺した机の鍵を開けると、小さな婦人があらわれた。彼女が誘う妖精の国とは――。モダン・ファンタジーの源流として名高い記念碑的作品。

ケルト民話集　フィオナ・マクラウド　荒俣宏訳
〝謎の女性作家〟が紡ぎだした、スコットランド・ケルトの、ひたすら昏い物語9篇。荒涼とした小島イオナに漂う、ケルト的な哀しみのすべて。

別世界物語（分売不可・全3巻）　C・S・ルイス　中村妙子他訳
香気あふれる神学的SFファンタジー。マラカンドラ（沈黙の惑星を離れて）、ペレランドラ（金星への旅）、サルカンドラ（かの忌わしき砦）。

ファンタジーの文法　G・ロダーリ　窪田富男訳
「どんなものにも物語はある。」ことばの使い方、物語のつくり方を通し、子どもの想像力を培い、創造力を育む方法を語る。（角野栄子）

ちくま文庫

ほんものの魔法使《まほうつかい》

二〇〇六年二月十日　第一刷発行

著　者　ポール・ギャリコ
訳　者　矢川澄子（やがわ・すみこ）
発行者　菊池明郎
発行所　株式会社　筑摩書房
東京都台東区蔵前二―五―三　〒一一一―八七五五
振替〇〇一六〇―八―四一二三
装幀者　安野光雅
印刷所　明和印刷株式会社
製本所　株式会社積信堂

乱丁・落丁本の場合は、左記宛に御送付下さい。
送料小社負担でお取り替えいたします。
ご注文・お問い合わせも左記へお願いします。
筑摩書房サービスセンター
埼玉県さいたま市北区櫛引町二―六〇四　〒三三一―八五〇七
電話番号　〇四八―六五一―〇〇五三

ISBN4-480-42184-X C0197